時空超えた沖縄

時空超えた沖縄

まえがき

　少年の頃、家の半径二キロ内に琉球王国発祥のグスク（城）、戦時中の防空壕、沖縄有数の闘牛場、広大な珊瑚礁の海、東洋一の米軍補給基地、Ａサイン（米軍営業許可）バー街、戦争の痕跡をカムフラージュするために米軍機が種をまいた（という）ギンネムの林などがあり、私の原風景を形成しました。

　聖なるグスクの丘に終戦後、米軍が無数のテント幕舎を造り、各地に避難していた村人を収容しました。ちなみに私の生誕地はこのテント集落です。

　小さな空間にこんなにも様々なものが詰まっている…時々、私は他人事のように驚愕します。何かにつけ私の想像を飛翔させます。

　小中学生の頃、この不思議な活力に満ちた、不条理な世界の中を遊び回りました。ところが、社会人二年目に不健全な日常にまみれたのか、肺結核を発症し、安静を余儀なくされてしまいました。

　ベッドに横たわり、哲学や社会変革の理論書を読んだのですが、ページを伏せると難解な思索を押し退けるように、少年の頃の自由奔放な自分が風景と一緒に立ち現われました。

目の前が明るくなり、病気が急速に遠退くような不思議な感覚を覚えました。

私には何物にも代えがたい貴重な風景でしたが、退院した頃にはすでに消えかかっていました。

家の近くの闘牛場や防空壕さえどこにあったのか、わからなくなっていました。至る所に生い茂っていたギンネム林は無くなり、珊瑚礁も埋め立てが進んでいました。

遊び回った時に感じた驚異、興奮、崇高さが私の中から消えてしまうという無念な思いに苛まれました。

なつかしい夢の中のような原風景を形にし、残したいと強く思うようになり、エッセイを書き始めました。

本土復帰前後の当時の社会は混迷をきわめ、「状況」に正面から向き合わざるをえませんでした。

また桃源郷のような原風景の背後にも苛酷な、悲惨な状況がひそんでいました。

原風景にただよう懐古趣味（懐古趣味自体は悪くはないとも思うが）を超越し、「現在」が惹起する問題とがっぷりと組み合い、「現在」がはらむ正体をあぶり出すエッセイにしなければならないと考えました。

最近、人生の越し方を振り返りますが、沖縄の「現在」の「根」――今だに未解決の、むしろますます魑魅魍魎になっていく歴史、民俗、自然、戦争――がこのエッセイ集『時空超えた沖縄』に含有されていると感じます。

昭和五十年頃、少年時代、一心不乱に遊んだ「原風景」が現在にもつうじる普遍性を帯びている、人間の問題にも通底すると考えるようになり、エッセイを基に小説を書き始めました。

小説を書いている途中、登場人物も原風景の中の人物をモデルにしている、と気づきました。

どこか愛着のある、私の心を動かした人物が記憶に深く残り、十何年か後に私の小説に登場したのです。

「海は蒼く」の老漁師、「カーニバル闘牛大会」の大柄な米兵と小柄な米兵、「ジョージが射殺した猪」のナイーブな米兵、「ギンネム屋敷」の孤独な東洋人。

この人たちと一度も話はしませんでした。息をつめ、「見るだけ」でしたから想像が巨大化したのです。

このような人物は日頃は忘却のかなたにいますが、「小説」という磁石にくっつくように少年の頃の私と渾然一体となり、蘇ってくるのです。

半径わずか二キロの原風景——少年の私の体験——を書いた「ギンネム屋敷」「人骨展示館」などいくつかの小説が、時を得、人を得、韓国、中国、アメリカ、フランス、イタリア、ポーランドの言語に翻訳出版されました。時々信じられなくなります。

「迷った時は原点にかえれ」という言葉がありますが、私は不条理な現実を切り開く小説を書く時、必ず原風景を引っ張り出します。

目次

第一章

原風景Ⅰ

大通り

大通りの周辺に映画館は建っていた。

小学生の私たちはガラスごしに貼り付けられた上映中の写真を食い入るように見た。俳優の人となりや過去の出演映画に関し、知っているかぎりの（ハッタリも混じった）うんちくを長い時間ひれきしあった。

夕食後も私たち仲間のうんちくのひれきは続き、「リッカ（さあ）、写真グァーインチクゥー（見に行こう）」と半ば強要しあい、映画館に出かけた。写真ではなく、映画を観《み》に行く者はわざわざ仲間を捜し回り、自慢げに「東千代之助ンカイ、アーティクーイー（に会ってくるよ）アンセーヤー（じゃあな）」などと言った。

私は時々、近所のS姉さんにアメリカ映画に誘われた。別の映画館の「紅孔雀」や「里見八犬伝」が観たかったが、言い出せなかった。

アメリカ人の恋愛はひどく退屈だったが、幾つか観ているうちに、いつのまにか、背の高い紳士がベランダにのびている枝から色鮮やかなオレンジをもぎ取り、白いベンチに座っている美女に手渡すシーンなどに目を見張った。

山から取ってきた固いバンシルー（グアバ）の大きさを私たち仲間はいつも競いあっていたから、たわわに実ったオレンジに私は驚愕《きょうがく》したのだろうが、もしかすると、スマートなアメリカ人の恋愛にうっとりしたとも思える。

お盆映画と正月映画は私たち仲間は待ち合わせ、一緒に観に行った。オールスター総出演の「忠臣蔵」などの正月映画の粗筋はわかっていたから、私たちは次はどうなると盛んにつばきを飛ばしながら観た。

お盆映画の幽霊の恐怖は並みではなかった。しかし、シカボー（臆病《おくびょう》）と思われないために、一人残らず最前列に座った。首に冷たい風が吹いてくる気がし、ゾクゾク震えた。夜、女を殺さなければ男はあのような恐ろしい目にあわなかったのに、と繰り返し考え、寝付けなかった。

忠臣蔵や四谷怪談に限らず、一緒に映画を観た後はガジュマルや外灯の下に座り、記憶力や観察力を駆使し、長い時間あれやこれや話し合った。必ず「あれはこうだった」「いや、ああだった」と言い争いが起った。

記憶力が乏しく、口下手の者は映画館のガラスごしの写真を私たちに指差《ゆびさ》しながら、話した。しかし、ストーリーがあっち行ったり、こっち行ったりし、よくわからなかった。

中には記憶力や観察力はないが、作り話の巧《うま》い者がいた。私たちは間違っていると怒ったり、嘲《あざ》笑ったりしたが、しだいに彼の話が映画よりおもしろくなり、じっと聞き入った。

カンカン照りの真昼、大通りを歩いていた私は店頭に並んだ雑誌に誘われるようにふらふらとU書店に入った。

真っ黒に日焼けし、目がギラギラ光っていた私は、雑誌の表紙の、麦藁帽子《むぎわらぼうし》をかぶり、昆虫網や浮袋を持った少年少女の白い顔や、涼しげな瞳に息をのんだ。

私は毎月U書店から（流通の便が悪く、月刊誌も本土より何週間も後に発売されていたが、私はさらに）一月遅れの雑誌を買った。月遅れでも結ばれた紐をはずす時は胸が高鳴った。

一九五二、三年頃、大通りに書店を開店したU書店は何年か前に引っ越し、四館あった映画館は今は（一館だけは劇団の稽古場《けいこば》になり、映画も上映されたりするが）スーパーや病院などに変わり、周りにはいろいろな飲み屋が増えた。

「私は結核療養所に入っていた二十代半ばに文学に目覚めた」と何度か人に話した

が、もしかすると、目覚めたのは大通りに面したU書店と映画館にいざなわれた小学生の頃、ではないだろうかと最近よく思う。

（沖縄タイムス　2003年9月21日）

賭け餅

水どころといわれた集落の川はどこも澄み、今日はこの川、明日はあの川と、泳ぎ回った。

ある川の上流には豊かな水を利用した泡盛工場が建っていた。

井戸は少し掘ったら、すぐ綺麗《きれい》な水が湧きだした。

集落の東側に田圃《たんぼ》が広がっていた。

梅雨のころ、よく田圃に鮒《ふな》を見物に行った。雨粒を餌《えさ》と勘違いしたのか、雨に泥がかき回され、酸素不足になったのか、たくさんの鮒が口をパクパクさせていた。

私にはこのような風景が古代の日本の風景のように思える。

米は紀元前五百年ごろ日本に、さらに数百年後琉球に入ってきたという説がある。

時間や風土が田植えや稲刈りにちがいを生じさせているはずだが、頭の中のイメージは日本本土と同一になっている。

少年雑誌や教科書に載っていた（日本本土の）田植えの儀式や稲の収穫祭の風景を幼いころから繰り返し読んだせいか、実際に見たかのように錯覚した。

餅《もち》つきも私の周りにはなかったが、少年雑誌の正月号に絵や写真が必ず載っていたせいか、あたかも体験したような気がした。

鏡餅《かがみもち》が子供のころ、家に飾られていたかどうか曖昧《あいまい》になり、昔の遊び仲間の先輩に聞いたら、「そのような習慣は復帰後にしか根づいていない」という。

正月明けに私たちはよく弁当代わりに餅をポケットに入れ、山に遊びに行ったが、ある年、双六《すごろく》をしながら餅を食べていた少年雑誌の絵を思い出した私は「マタイボウの勝負に餅を賭《か》けてみないか」と提案した。

私たちはすぐ家に駆け戻り、餅をポケットにつっこんできた。あのころの餅は（添加物が入っていなかったのか）正月の数日後には石のように固くなった。

いつもは何げなくやっているマタイボウだが、賭けを始めたとたん、一人残らず目の色を変えた。ふだんふざけ半分にやり、連戦連敗のウーマク（わんぱく）が思わぬ力を発揮し、勝った。

負けた少年はパッチー（めんこ）をポケットから取り出した。しかし、ウーマクは首を横にふり「餅だ。餅がなければ二十五セントだ」と手を差し出した。少年は勝負の前、父親の会社の従業員からお年玉をたくさんもらったと自慢していたが、金は出さなかった。

ウーマクにおいたてられた少年は家に向かった。私たちも後からゾロゾロとついていった。

少年の家には豪華な正月料理があったようだが、少年が大嫌いだったからか、餅は仏壇に供える分しか作らず、一個も残っていなかった。

少年は手に握っていたタマグァー（ビー玉）をウーマクに見せた。ウーマクににらみつけられた少年は泣きべそをかいた。両方のポケットに餅をつっこんでいた私は、賭けを言いだした妙な罪悪感から一個少年に渡した。

後日、タマグァーが流行《はやり》だした時、勝ちまくっていた少年がニコニコしながら餅の代わりにタマグァーを三個差し出した。餅が大好物だった私は餅のほうが価値があると思ったが、何も言わずに受け取った。

賭けが流行だす気配はあったが、餅に魅力を感じなかったのか、だれも「賭けよう」と言い出さなかった。

何十年か後、田圃や水路がまず消え、深い川にも浅い川にも危険防止の頑丈な柵《さく》が立てられた。

昔は柵はなかったが、めったに人は落ちなかったと思う。真っ昼間、川の縁をフラフラ歩いていた酔っぱらいの老人を、私たちは「落ちる」「落ちない」と賭けながら見ていたが、老人は何度も落ちかけたが、巧みに踏みとどまった。私たちは変に感心した。

柵でも危険だと考えたのか、まもなく厚い蓋《ふた》がされ、川は道の一部に変わった。

（沖縄タイムス　２００５年１月１６日）

木登りサール

数十年前、家の近くにいろいろな種類の大木が生えていた。親分格の中学生の話では（二、三キロ東の前田高地は焼き尽くされたのに）戦前からある木だという。

よく木に登った。昆虫や木の実を取るためではなく、ただ地表を見下ろし、四方の風景を見渡した。上の枝に登っても見える風景はさほど変わらなかったが、上に枝がある限り登りたい衝動は抑えられなかった。

中学生の木に登る目的ははっきりしていた。夜ごと、枝に隠れ、鳥の鳴きまねをし、通りかかった人が見上げた瞬間、恨めしそうにゆがめた自分の顔に懐中電灯の明かりを当てた。おとなしい人に的を絞ったからか、ほとんど騒ぎにならなかった。ある夜、気丈夫なおばさんが腰を抜かしてしまった。中学生は木から飛び降り、猫のように逃げた。近くに隠れていた私たちも必死に中学生の後を追った。

数日後、おばさんが呪《のろ》いをかけたのか、中学生は木から落ちた。一人ずつロープを握り、雄叫《おたけ》びを発し、ターザンのように木から木に飛び移る遊びをしていた。雄叫びが変だと思い、振り向いたら、中学生が三メートルほど下の地面に叩《たた》きつけられていた。切れたロープを握ったたまま、ひどく顔をしかめていた。

中学生や仲間の足がターザン遊びから遠のいたころ、同い年のサールが私の前に現れた。色が黒く、小柄だからサールというあだ名がついたと思っていたが、本当の猿のようにスルスルと素早く木のてっぺんに登った。サールは直観的に堅《かた》そうだがすぐ折れる枝や、曲がるが折れにくい枝を峻別《しゅんべつ》できた。

たいていの者はあだ名を嫌がったが、彼はあだ名を気に入っていた。しかし、サールーと語尾を伸ばすと明らかに嫌な顔をした。サールはターザン遊びにも関心がなく、誰とも調子を合わさず、わが道を行くという、妙なふてぶてしさを持ち合わせていた。ほどなくサールの木登りの目的は木の上に寝るためだと分かった。私もためしに寝てみたが、汗ばんだ首筋に木のクズやクモの巣や毛虫などがくっつき、快適ではなかった。

遊び仲間はサールに関心を示さなかった。仲間たちはバトンリレーの選手だとか、球技がうまいとか、何か一つ取り柄《とえ》があったが、腕の筋肉は発達しているのに、どうしたわけか、からきし運動ができないサールは馬鹿《ばか》にされていた。何より波を怖がり、海に行った時は泳ぐどころか、少女のように浅い潮溜《しおだま》りにじっと浸かっていた。

しかし、運動会の棒倒しはサールの独壇場だった。敵の肩や背中によじ登り、あっという間に蝉《せみ》のように棒にしがみついた。「昔のオリンピック種目には綱登りもあった」と中学生から聞いていた私は、もっと早く生まれていたらサールはオリンピック選手になれたんだとしみじみ思った。

ある日の放課後、鉄棒をした。私たちは逆上がり、大車輪、蹴上《けあ》がりなどを楽々とこなしたが、サールは両足を鉄棒にかけ、逆さまにぶら下がっていた。突然、サールが鉄棒から落ちた。逆さのまま落ちたが、首や腕ではなく足を捻挫《ねんざ》した。捻挫は治ったが、サールは木に登らなくなった。木の上にいる私をいつも下から眺めていた。落ちたら間違いなく大けがをする高い木にぶら下がっていたサールの姿を思い浮かべた私は「鉄棒から落ちて、慎重になったかもしれない」と思った。

何日か後、中学生が仲間を集め、「サールは女を見たから落ちたんだ」と笑った。たしかにあの日、サールが落ちる直前、鉄棒の近くを三人の女生徒が通り過ぎた。落ちる数日前、木の上のサールが下を通る女生徒にじっと視線を注いでいた。この女生徒はあの三人の中にいた。サールは鉄棒から落ちたから木登りが怖くなったのではなく、恋をしたから馬鹿らしくなったんだ、「お猿さんね」と女生徒に軽蔑されたくないんだと私は思った。

戦火を潜り抜け、生き延びてきた見事な大木だったが、いつの間にか一本も残らず消えてしまった。

（沖縄タイムス　2007年5月20日）

女入道

あっというまに身を消さなければ忍者とは言えなかった。私たち小学生は人の気配を感じるとすばやく木や石垣に登り、身をひそめ、興奮した。

ある日、アカバナー（ハイビスカス）の蔭に隠れたが、（顔の脇に赤い花が咲いていたせいか）若い女に見つかってしまった。女とじっと視線を合わせた数秒間、生きた心地がしなかった。女は不思議そうな顔をしながら立ち去った。

身を隠す以外にめいめい得意の術を持っていた。Aは台所からズボンのポケットに押し入れてきた「目つぶし」の灰をむやみやたらにまいた。風にのり、みんなの顔にかかり、閉口した。

Bの水遁《すいとん》の術には目を見張った。水にもぐり、竹の先を水面に出し、呼吸した。かすかに見える水中のBは中腰になり、大きく顎《あご》を上げ、ひどく苦しげだった。みんな心配したが、じっと見続けた。

性格がおとなしいCは「忍者は笛を吹く」と言いながら熱した火箸《ひばし》を竹に押しつけ、巧みに穴をあけ、笛を作った。「誰が吹くのか、ふしぎな笛だ。ヒャラリ、ヒャラリコ、ヒャリコ、ヒャラレロ」などと口ずさんでは、笛を吹き、また口ずさんだ。

私は丸い短い棒を口にくわえ、自分でもわからない呪文《じゅもん》を唱え、高い石垣から向こう側に飛び降りる術を披露した。この術は着地の瞬間に足や体をふわりと折り曲げないと足の裏の衝撃が脳天を直撃する。

頭領格の上級生が私の真似《まね》をしたが、着地に失敗し、うめいた。

翌日頭領が「地面に耳をくっつけろ。敵の足音を聞け」と命じた。

漫画の中の忍者がやっていたという。他愛ないと思ったが、誰も文句は言えず、十字路、路地、一本道などの地面に耳をくっつけた。ブルドーザーの音ならともかく人の足音なんか聞こえるはずはないと思った。音はむしろ、地面から耳を離した時にはっきり聞こえた。

おのおの自分の術に日々磨きをかけた。また、新しい術を覚え、仲間を驚かそうと競い合った。

映画や漫画の忍者は必ず悪者をやっつけ、姫を助けだすのだが、忍者遊びに興味を抱く少女は一人もいなかった。

ある日、通りがかった、同い年の少女の尻をAが刺した。刺すと刃が把手《とって》にへっこむ玩具の刀だから少しも痛くないが、少女は激怒した。男子中学生くらいに大柄な少女は大きい石を頭上にかざし、たじろぐAに躊躇《ちゅうちょ》なく投げつけた。石はAの足元に落ちた。すごい形相の少女は大きな尖った石を探し、頭上に持ち上げた。Aは逃げた。少女は周りを見回し、私たちに石を投げた。

少女は翌日から頻繁に姿を見せるようになった。Aに石を投げたりせず、ただ少し離れた所から私たちの術を見た。

頭領が忍者の一団に入らないかと少女を誘った。姫役ではなく、怪力の女忍者にしたてようと彼は考えていた。

石を持ち上げる危険極まりない少女の姿に、私たちの得意の「術」がかすんでしまうほど圧倒された。何の「術」でもなく、ただ石を高く持ち上げ、投げつけるだけだが、私たちの諸々《もろもろ》の術を吹っ飛ばすように思えた。

少女はばからしいという表情を浮かべ、立ち去った。私たちは少女に「女入道」とあだなを付けた。

頭領は自尊心を傷つけられたのか、「杭《くい》ぬき勝負を女入道とやる。みんな練習をしろ」と私たちに命じた。

私たちは抗を探し、人影に注意しながら懸命に左右に揺らし、引き抜こうとした。しかし、堅い土に深く打ち込まれた抗はほとんど動かなかった。

何日か後、通りかかった大人に見つかり、こっぴどく叱られた。「抗ぬき」の勝負を女入道に挑まないまま、ほどなく忍者遊びはすたれた。

（沖縄タイムス　２００９年１１月１５日）

儀式

友人とコーヒーを飲みながら「創作意欲を掻き立てる儀式」を話題にした。

執筆前に「儀式」を行う作家は少なからずいる。鉛筆を十数本も丁寧に削る。好きな作家の本を数頁朗読する。行進曲を聴く。机の上の鈴を鳴らす。濃いコーヒーを立て続けに飲む。「時間はすぐ過ぎ去るからボヤボヤするな」と砂時計や頭蓋骨を見つめる。

私の場合「儀式」はないが、還暦を過ぎた頃から「現存する」原風景を思い浮かべると筆が妙によく動くような気がする。周りから「還暦だな」と言われたり、自分でも「還暦か」と自覚したせいか、原風景が蘇ったのだろうか。

原風景はいくつもある。ウシモー（闘牛場）近くの池は冷たく、澄んだ水に山遊びの帰り道、潜り、至上のひとときを過ごした。ムーチーゴー（六つ穴の防空壕）を探検し、シンリヤーモー（滑り丘）では茅を押し倒し、滑り降りた。

ウシモーには今、大型スーパーが建っているという人もいるが、闘牛や農耕の牛を浴びせ、私たちが泳いだ池はどこなのか、お年寄りたちも分からなくなっている。

現存する原風景はカーミジ（亀岩）とシリンカー（後ろの川）だけになってしまった。

カーミジは、周りが徹底的に変貌した今、時間が止まったようにポツンと残っている。昔と変わらない形をちゃんと留めているが、私と共に「生き続けている」懐かしい友のように思える。

昔、カーミジに連日仲間と登った。ギザギザの鋸歯の岩肌、てっぺんの僅かな凹に生えた低い海浜植物はありふれている。

朝日や夕日に神々しく輝くわけでもなく、枝ぶりのいい松が生えているわけでもなく、沖縄の海岸に点在する奇岩、向こう側が見える通り岩、キノコ岩等に比べ、見劣りした。

しかし、他の海岸の岩に私の想像力が喚起されないのは、思い出がなく、感慨が浅いからだろうか。

二十代の頃、肺結核に罹り、一年ほど入院したが、退院後、真っ先にカーミジに登った。

あの頃すでに原風景が「創作意欲の元」と無意識に気づいていたのだろうか。処女作「海は蒼く」（一九七五年）の人生に迷う少女はカーミジから老人のサバニに乗り、大海に出ていくが、私も創作の船出を決意したのだろうか。

消えてしまった原風景を記憶の中から取り出し、文字の中に閉じこめるために書いていると前に発言したが、還暦後は「生き残っている」原風景を創作意欲の根源にしようと考えるようになっている。

原稿用紙に向かうとまずカーミジを思い浮かべる。すると懐かしさ以上に「何もかもに好奇心と行動力を注いだ少年の活力」が漲ってくる。当時の五感が現れる。テーマが「自然」に限らず、「米軍基地」でも「琉球の歴史」でもカーミジをイメージする。

去年はカーミジのカの字も出ない終戦直後のテント幕舎の模様や、米兵に撃たれる遺骨収集の青年を小説に書いた。

「カーミジに少年の頃の時間が確かに残っている」という安堵感からか、過ぎ去っていく時間にとり残されるような気持ちも霧散し、何の気がかりもなく創作に取りかかれる。

万が一、カーミジが消滅したら、現存する原風景はシリンカーだけになる。

キャンプ・キンザーの城間ゲート脇の谷間は密生した亜熱帯の樹木に覆われている。少年の頃、気紛れにこのシリンカーを通り、カーミジに向かったが、必ず二、三匹のハブと遭遇した。

今は分け入る人は滅多にいないだろう。ハブは開発された山や野からも逃げ込み、無数に増えているだろう。

私は創作意欲を掻き立てるため、ハブの天国に分け入らねばならず、命懸けになる。

（沖縄タイムス　２０１０年３月２１日）

林間学校

先日、ドライブの途中、恩納村の仲泊小学校に立ち寄った。居合わせた教頭先生に昭和三十四年当時の写真を見せていただいた後、校内を散策し、小学六年の林間学校に思いを馳《は》せた。

運動場の近くに真っ白な砂浜が広がっていたから「臨海学校」が妥当だろうが、なぜか「林間学校」と覚えている。

浦添村（当時）の仲西小から貸し切りバスを利用したのか？　バスガールがどんな歌を歌ったのか？　生徒は何を持参したのか？　レクレーションもあったのか？　夕食に何を食べたのか？　何一つ思い出せなかった。

教室の床にじかに寝たのか？　ゴザを敷いたのか…思い起こそうとしたら、社会人になった頃のキャンプが思い浮かんだ。海岸に敷いたビニールシートに一人横たわり、星を見つめ、波の音を聞き、至福な時を過ごしたが、翌朝、目が覚めたら全身藪《やぶ》蚊にさされ、赤く不気味に腫れ上がっていた。何日間か女子職員に恐れられた。

ある体験を思い起こそうとすると、記憶の空白部分に別の時代の記憶が連なる。一本の細い線のように単調に流れる人生にいくらか厚みが増すように感じ、なぜかホッとする。

人生の出来事はほんの断片しか記憶に残らないが、小説を書く場合は逆に大きな「力」になる。

断片に他の（人生に起きた）いろいろな断片を練り合わせる時、潜在意識が姿を現すように思える。

仲泊から石川をぬけ、沖縄市の米軍基地沿いの道を走った。突然、目の前を大きなマングースが横切り、金網と木立の間に消えた。

「普通の二倍はあった。猟銃の弾も命中しやすい」とぼんやり思いながら運転していたら、昔書いた「ジョージが射殺した猪」が頭に浮かんだ。

「猪と間違って撃ったと米兵は供述した」という新聞の記事に触発された私は、射殺された沖縄の人に思いを馳せた。

片目と片足のない人、スクラップの入ったカシガー（麻袋）を担ぐ人、不発弾の爆発事故、薬莢《きょう》から抜き取った火薬に火をつける遊び、道端に座りハーモニカをふく兵隊帽と白い着物の人など、私の周りにいた人、私の体験の断片が走馬燈のように過《よ》ぎった。

心身が傷ついた戦争被害者の沖縄の老人（主人公）が米軍を恨みながら米軍演習地の砲弾の破片を収集し、日々を生き延びていたが、さらに致命的な被害を受ける…この「被害の重層性」をテーマに設定した。

「被害」の本質とは何か？と考えていたら、ふと一人の米兵が思い浮かんだ。

この、小柄な、目がオドオドし、泣きそうな顔をした米兵も、多くの狂暴な米兵、酒乱の米兵、不気味な米兵から被害を受けているのではないだろうかと考えた。

沖縄人より弱く、貧弱だと思った。事実、ある夕方、この米兵は私の近所の青年たちが「ファイト、ファイト、カモン、カモン」とボクサーのようにこぶしを突き出すと、背中を向け、夕焼けの風景の中に消えた。とうてい戦場に行ける男ではなかった。

いつしか、このような若者を苛酷《かこく》な戦場に送り出す国家、政治機構、法の恐怖が頭を占めた。

人間的な民主主義が（個々人が自主的かつ平和的な選挙を通し）非人間的な権力（者）を作り出す。

自分たちが作り出した権力（者）にいつしかがんじがらめにされ、戦場に送り出される…この不可解な現象は人間の業《ごう》なのだろうか。

業なら「悪」に「良心」を浸透させ、読者に救いを与えなければならないのではないだろうか。

私はテーマを一八〇度ひっくり返し、射殺される沖縄人ではなく、射殺する米兵のドラマにした。


（沖縄タイムス　2011年7月17日）

放射能雨

小学生の私たちにも「原水爆の放射能がゴジラを誕生させた。悪いのは人間だ」という映画の一つのテーゼが伝わったのか、ゴジラの醜い顔や火山岩のような不気味な体も嫌ではなく、ビル、電車、大砲や戦闘機、高圧電流の塔を破壊する姿も「悪」とは思えず、巨大な体と力に圧倒され、忘我状態になった。

「放射能を含んだ雨に濡れると頭が禿《は》げる」といううわさの出所はわからず、実際に頭が禿げた人も知らなかったが、私たちはこのうわさを信じ、雨が降ると一目散に近くの軒下に逃げた。

一度は、山遊びの途中、急に雨が降り、入り口に雑草が生い茂り、中にハブやムカデが棲《す》んでいそうな防空壕《ごう》跡にちゅうちょせずに飛び込んだ。

また、ある日の学校帰りに、毛の抜けた犬を発見し、大いに興奮した。毛はもともと抜けていたのか、放射能雨にやられたのか、わからなかったが、一緒にいた「親分」の中学生が「まちがいなく放射能雨を浴びたんだ。デージナトーン（大変なことになった）。放射能はうつるよ」と大声を出し、私たちに石を投げ追い払うように命じた。

後日、私は全身雨にぬれた、近所の子犬を窓から見たが、何日たっても毛が抜け落ちる様子はなかった。

放射能雨を浴びると「頭が禿げる」のはたしかだが、「体が大きくなる」といううわさには、Aはまちがいないと主張したが、半信半疑の者が多かった。

ただ、みんな「大きな物」に驚異を感じ、憧れを抱くようになった。しかし、大きな猫やヤギや人を見た時、「いつ放射能雨を浴びたのだろうか」といささか不気味な感じがした。

隣のＹ集落にしばらく見ないうちに急に背丈が十数センチも伸びた中学生がいると仲間の一人が言った。Ａが「いつだったか、彼が雨にぬれながら歩いているのをバスの中から見た」と深刻そうに一人一人の顔を見回した。

夏休みは連日田んぼに入り、鮒《ふな》取りを楽しんだが、ある時、私がコイのような大きな鮒を捕まえた。Ａが「何日か前に雨が降ったから、これは放射能雨が染み込んだんだ」と断定し、怪しんでいる私を説得しようとした。

ある朝突然、Ａが、放射能を浴びてもいい、と言い出し、仲間を驚かせた。「放射能雨を浴びたら体が大きくなる。胸を張れる。いつもみんなの一番後ろを歩かなくていい」というＡの言い分に私たちはなかなか口がきけなかった。

大きくなりたいというＡの気持ちがわからないわけではなかった。

私たちを勝手に子分にした中学生は、体の大きい小学生を第一の子分、（私は第二の子分）一番小柄なＡを第五の子分、と格付けした。並ぶときも道を歩くときも、遊びの途中によその家の井戸水を飲むときも先頭は中学生、最後がＡだった。

「放射能雨を浴びて大きくなりたいとは、ばかげているよ」「ゴジラはもともと大きかったんだ。ただ放射能でよみがえっただけだ」と仲間は本気にせず、笑ったが、「いや、ゴジラは最初は小さかったんだ。毛があったんだ。放射能の力だ」とＡはむきになった。

「おまえは頭が禿げても大きくなりたいのか?」「顔も体も醜くなるんだよ」と仲間は口々に言った。

「いや、ゴジラは最初から醜かったんだ。僕はちがう」とAは後に引かなかった。

「A、頭を冷やせ。放射能雨を浴びたら凶暴になるよ。Y集落の馬はとてもおとなしかったが、雨にぬれた後、暴れて、小屋を蹴破って逃げて、大人が十人がかりでようやく捕まえたんだ」と中学生が言った。

このころだったのか、何年か後だったのか、よく覚えていないが、日本の漁船が被曝し、乗組員が亡くなったというニュースに接し、放射能を浴びたら体が大きくなるどころか、死んでしまう、ゴジラが不死身なのは映画だからだと思った。

(沖縄タイムス　2013年9月15日)

大晦日の凧

大晦日のせいか、まだ午後三時をすぎたばかりなのに、崖の上にも下にも凧は揚がっていなかった。小学校四年生の僕は凧の糸を固く握り何回も崖の上を走った。小石や雑草につまづき、手の平や膝小僧をすりむいた。空は青いが、冷たい風があかぎれした頬を刺した。今日中に凧を揚げなければ家族と笑い騒ぎながら餅や蒲鉾が食べられないような気がした。明日には新しく年が明けるのだ、と自分に言い聞かせた。この冬だけでなく、去年も一昨年も僕の凧はうまく揚がらなかった。Aたちの凧はいつもよく揚がった。Aたちは揚がらない僕の凧を侮辱したり、からかったりはしなかった。だが、手助けもしなかった。Aは竹を、今にも折れんばかりに細く削り、調和よく糸を結び、しっぽをつけ、澄んだ寒空にも濁った曇り空にも高々と揚げた。僕はその凧をまともには見れなかった。その凧を見ている自分をAが見ているような気がした。僕はAの凧作りの秘訣が知りたかった。だが、彼には一言も聞きたくなかった。もし、Aが何もかも完璧なまでに僕を凌駕していたのなら、もしかしたら僕はこのように意地を張らなかったのかも知れない。だが、Aは凧作り以外は僕より何もかも劣っていた。僕はたった一点でも同級生には負けたくなかった。我慢ができなかった。

凧が揚がりそうだった。僕は夢中だった。崖っ淵に走っていた。片足が宙に浮かんだ。とっさに雑木の細い枝をつかみ、あやうく滑り落ちるのを免れた。崖下を見た時に初めて激しい動悸が生じた。十数米下には大きな岩が何個も転がっていた。動悸はなかなかおさまらなかった。急に風が冷たくなった。Ａができるんだ。僕は唇を噛んだ。できないはずはない。僕はまた凧糸を固く握りしめ、走った。

何分、何十分走ったのか、判らない。あっというまだった。僕は慌ててありったけの糸をのばした。まるで誰かが凧をかかえもったまま空高く上がっていくようだった。糸の限りに高く揚がった凧はすぐさま不動になった。崖下から強い寒風が吹き荒《すさ》み、僕は足をふるわせた。だが、顔は上気していた。岩がもろに顔を出したこの崖の頂上は激しく風が舞っていた。細い雑木や雑草が四方八方に不規則に揺れた。僕はふとＡからあずかった凧糸に気づいた。後ろポケットから取り出した糸を一米ばかりようやくたぐり寄せた凧の糸に慎重に結びつけた。Ａの糸も一センチも残さずに空に揚げた。凧はやはり不動だった。このまま元旦の朝までじっとしていたかった。朝になるとポケットに餅や蒲鉾をつっこんだＡたちが凧揚げに来るだろう。Ａたちが必死に凧を揚げても、この凧の高さや風格には、どうしようもあるまい。いや、誰が見ていようがいまいがどうでもよかった。実際、凧がじっと宙に浮いている僅かの時間（もしくはとても長い時間）、僕の頭の中は空白だった。

崖下には暖かそうな濃いだいだい色の燈があちらこちらに灯っていた。今頃家ではみんな火鉢を囲み、艶やかな蜜柑を食べているだろう。家の中にはせわしく、しかし峻厳な時が流れているだろう。崖の中腹に密生している無数の枯れたススキの穂がひっきりなしに僕を手招いている。

細い糸と竹、薄い紙だけでできた凧は、強い寒風をものともせずに小刻みにしっぽをふるわせながら、天の真ん中に泰然としたまま動かない。静かな力がみなぎった糸は僕を引きずり上げようとする。崖っ淵にではなく、あくまで上に上に引き上げようとする。空から見た下界はどんなものだろう。僕はこの崖より高い所を知らない。星は夜空に固まっているが、光は遠い。地上の家の光も弱い。天は地上に冷気を満たし、光もろともあらゆるものを家や穴蔵に閉じこめてしまった。

今何時だろう。あと何時間で年が明けるのだろう。できたての餅は熱く、とても柔らかい。なんともいえない透きとおるような白い衣、甘い小豆あん。足元が冷たい。

時々身震いする。大好きなさやいんげんの天ぷら。家の裏の狭い空き地を父と一緒に耕し、種を植え、棚を組んだあのさやいんげんに衣をからませ熱い油鍋に入れる。

闇の空の凧は手元の糸さえ見えにくい。だが、まだ糸にはたしかな手応えがある。たしかな力。天のたかみをめざし飛翔しようとしているもの。今僕が少しでも糸を引き寄せると糸は切れ、凧か僕のどちらかが真っ逆様に崖下におちる。

僕の胸の大きさしかない凧は糸を引きちぎり、しっぽを切り、色つき紙に穴をあけようとする総ての力に抗い、堂々と胸を張っている。


（1986年1月号　タイムス「ホームプラザ」）

山羊汁

沖縄の人々は昔から、暑い陽にさらされながら、沸騰している山羊《やぎ》汁をよく食べてきた。大粒の汗をたらし、顔を赤くしながら、汁に息を吹きかけ吹きかけ食べた。栄養はもちろんだが、全身から汗を出すのが、健康にいいという。

山羊汁が含んでいる力は定評がある。集落対抗の運動会の前日には、各集落とも山羊をつぶした。また、砂糖黍《きび》の刈り取りの共同作業や、屋根の瓦や茅のふきかえなどの力仕事の時にも、大きな鍋の煮えたぎった山羊汁がふるまわれた。

山羊汁は、沖縄料理の中では珍しく、味付けも、他の食材と一緒に煮たりもせずに、山羊という素材だけを食べる。ただ、塩をひとつまみ入れる人がいるし、臭い消しにフーチバー（よもぎ）を何葉か浮かべる人もいる。だが、素晴らしい味という人も、匂いがなんともたまらずいいという人も塩やフーチバーを入れたりするから、味付けや臭い消しというより、ちょうど沖縄そばに、味見もしない前から、七味唐辛子を入れる癖と同じなのかもしれないと私は思ったりする。

だが、山羊汁は栄養価も高く、たしかに精がつくが、動物性脂肪なので、高血圧の人はあまりたくさん食べないほうがいいといわれている。特に冷たい水を飲みながら食べると、脂が固まり、血管を塞いでしまうなどという人もいる。

古い言い伝えによると、沖縄の神様は豚肉が大好きだから、旧盆や清明祭などの年中行事や、森の広場でのお祭りの時には豚肉料理が供される。しかし、神様は山羊汁の臭いが厭なのか、人々に「あなたがたが食べなさい」と昔から言っているように思われる。山羊料理は神様に供するのではないから、調理方法もほとんど汁物だけになってしまった。まさに人間本位の食物といえる。私の好物である。

（「すてきライフ」　1996年11月）

砂糖黍と旧正月

今は旧正月を祝う集落が少なくなっている。郷愁にかられるのか、よく「旧正月探し」のドライブをする。

葉を落とされた砂糖黍が、曲った棒のように一面に突っ立っている、ある年の一月、田舎の知人の家に寄った。

砂糖黍の葉落としから帰ってきたばかりの知人は「この辺りの農家は小さい畑しか持っていないので大型機械は入れられないし、機械を入れても斜めに生えている砂糖黍は刈り取れないから、くじ引きで決まった製糖工場への搬入の順番が近づくと、長男と二人で刈り取る」という。

さらに知人は「昔は雨がふる冷たい風の中でもユイマール（助け合い）で公務員も会社員も仕事を休み、鎌や鉈を持って参加したものだが、年々収穫が減少して、今はわずかしかない。長男と二人で十分だ。長男はリストラにあって、体をもてあましているから二人分働く」と笑った。

車に乗り込み、脇道に入った。

砂糖黍を山のように積んだトラックがハンドルをとられたらすぐ横転しそうな小さい農道を行き来している。

曲りくねった道やデコボコの道にはトラックから短い砂糖黍が落ちていた。このような砂糖黍を私たちは子供の頃、はしゃぎながら拾った。

製糖工場の高い煙突はいつもはただ立っているだけだが、この冬の時期は、連日勢い良く煙を吐き出している。

車をできるだけ製糖工場に近い道を走らせた。窓を開け、徐行させ、深呼吸をした。甘い独特の香りが車の中にも充満した。

海の近くにある製糖工場はこの時期ばかりは強い潮の香りも打ち消している。

黍刈りや製糖の風景は旧正月の風景と重なる。

昔は現金を得る途が少なく、農家は砂糖黍収穫後に旧正月を祝った。

小学校時代、農家の友人は空に高くのびた砂糖黍の脇道を登下校しながら「正月には靴を買ってもらえる」「グローブが買ってもらえる」と私にくりかえし言った。旧正月の朝、黍刈りの重労働を終えた人たちの表情は何ともいえないぐらい清々しかった。

本土復帰後、新正月を祝う集落が急に増えた。テレビのどのチャンネルも正月の特番を放映している。

旧正月番組は今もあるが、民謡電話リクエストとか、民謡紅白歌合戦などにとどまっている。

閉鎖する製糖工場があとをたたないからか、最近は「旧正月探し」のドライブに「砂糖黍の香り探し」も加えた。

（うらそえ文藝　２００４年９月）

おばあさんと犬

小学生の姪《めい》が「お年玉ちょうだい」と手を差し出した。「クラスで、金額を競争するの」という。同じ年の頃、お年玉を誰にも見せずに何種類かの雑誌を買った私は姪に図書券をあげた。姪は訝《いぶか》しげに受け取り「来年は現金をお願いね」とVサインをした。

昔、同級生の女子が正月の朝一番に祖父の家にお年玉をもらいに行った。門を入ったとたん、鬼の形相をした祖父に怒鳴られ追い返された。女子は泣きながら家に逃げ帰った。

この話題はクラス中に流れた。優等生だし、美人だが、生意気なこの女子に私はさほど同情はしなかったが、やさしそうなおじいさんがなぜ鬼に変わったのか、不思議に思った。

ある日、この女子は日頃ほとんど口もきかないのに、私を校庭の隅に呼び出し、「男は得ね」と文句を言った。正月の朝一番に女子が門をくぐると、一年間の福が逃げてしまうと祖父に限らず、どこの家のおじいさんたちも信じているという。

理由は分かったが、彼女はなぜ私にだけ打ち明けたのだろうかと考え、数日間変に胸が高鳴った。しかし、同級生のAは私より先に砂場に呼び出されていた。

この出来事の後、成績が悪かろうが、とにかく男子は女子より大事にされると考えるようになった。妙な誇りが膨らみ、次の年の正月には意気揚々と親戚《しんせき》の家を回った。

親戚のKおばあさんも最初に門をくぐるのは男の子、と考えていたのではないだろうか。朝一番に訪れた私になんとも言えないやさしい眼差しをなげかけ、言葉のはしばしには喜びがあふれていた。

一生独身を通したが、豊かな気品を崩さなかった。隣に住んでいるAは「若い頃は若尾文子に似ていた」と実際見たかのようにため息混じりに言った。

明くる年、初日が昇るのを今か今かと待ちわびた。まっさきにKおばあさんの家に行った。お年玉がどの親戚よりも格段に多いせいか、妙に気恥ずかしかったが、胸を張った。

Kおばあさんは「日頃もいらっしゃいよ」と何度も言った。正月以外に小遣いをもらうのは何か後ろめたく、結局、正月しか顔を見せなかった。

ある夏の日、何気なくKおばあさんの家の門を覗《のぞ》いた。ザザーッと金属のこすれる音がし、走ってきた大きい犬が私に襲いかかった。ひっくりかえった。門柱と軒下の柱に張られた一本のワイヤに、鎖の端の輪っかが通されていた。犬は鋭い牙を見せ、低く唸《うな》ったが、鎖が短かったから命拾いをした。

翌年の正月、かまぼこをたべさせ、犬の機嫌をとろうと考えたが、何も持たずにK

おばあさんの家に行った。大回りをし、玄関に入った。犬が走る金属の音が聞こえた。帰りぎわに見た犬は銅像のように厳かに座り、豊かな毛が初日を浴び、黄金色に輝いていた。

小学六年生の正月、Ｋおばあさんは「犬のように誇り高く、たくましい男の子になるんですよ」と言った。私はあいまいにうなずきながらワイヤは何のために張ったのだろうかと考えた。泥棒を徹底的に咬《か》まさないためだろうか。いちいち散歩に連れていかなくてもいいように、だろうか。

同級生どうし年賀状を出し合うのが流行《はや》っていたが、私はこの年、Ｋおばあさんだけに書いた。戌《いぬ》年ではなかったと思うが、ワイヤに引っ張られる犬の似顔絵を薩摩芋《さつまいも》に大きく彫り、たっぷり墨をつけ、押した。

（しんぶん赤旗　２００５年１月７日）

競い合い

終戦六十五年の感慨にふけっていると、ふと同級生のＡを思い出した。

大人たちは小学生に戦争の話はしなかったが、Aの親は一人息子に話し聞かせたのだろうか。

Aは戦争の本や写真、弾丸や鉄かぶとなどを収集しているわけでもなく、どうしてこうも戦争に詳しいのか、謎だった。

授業中は無口のAがとつとつと語り続ける戦争の話に私たちは息をつめ、聞き入った。

戦艦や戦闘機や大砲の種類を十いくつも知っていた。

「日本軍の米が、アメリカ軍の缶詰に敗けた」「物には敗けたが、精神は勝った」という彼の印象的な言葉は今でも覚えている。

「精神一到何事かならざらん」というAの口癖を私たちはいつしか合い言葉に使うようになった。

蓄音機を持っている家はほとんどなかったし、ラジオから流れていた歌は沖縄民謡や歌謡曲だったような気がするが、どういうわけか、Aは軍歌も知っていた。山や海に遊びに行く道すがら、よく「愛馬行進曲」や「麦と兵隊」を歌った。私たちもところどころ声を合わせたが、ほとんど聞き役だった。

しかし、Ａは戦争ごっこには全く関心を示さず、玩具の鉄砲を軽蔑した。Ａの戦争話の日本兵の勇敢さに感化された私たちは集まると力を競うようになった。競い合う場所は至る所にあったが、危険が伴った。

城間公民館前の鉄棒の脇に尖った石や錆びた大きい金属が横たわっていた。逆上がりはともかく、大車輪の時、手が滑ったら大怪我をしかねなかった。

鉄棒の近くに米軍の酸素ボンベが吊り下げられていた。ボンベを大きく揺らす勝負に夢中になりかけた時、ボンベすれすれに幼児が近づいてきていた。肝を冷やした。

丸い大きな石を持ち上げる勝負もしたが、表面が滑りやすく、石につられるようによろめき、危うく足をつぶしかけた。

下港川のカーミジ（亀岩）の首から数メートル下の海面に飛び込む直前、水中に黒々と不気味に沈んでいる大岩が目に入り、誰もが躊躇した。背後からＡの歌う「海ゆかば…」の妙に静かな声に背中を押されるように宙に舞った。

誰も密かに抜け駆けの練習はやらず、競う中から自ずと上達した。

私たちは競い合いに敗けないように意地を出し、全力を尽くしたが、Ａは挑発されない限り静観していた。

Aは力はさほど強くはなかったが、どのような競い合いも恐れず、嫌がらず、飄々と取り組んだ。やる気があるのか、ないのかよくわからなかった。

同級生なのに変に大人っぽかった。戦争中ならAは司令官、私たちは剛健な歩兵だったにちがいないと思った。

ある日、集落の誰が一番強いか、喧々囂々していたが、いつのまにか「敵を殺した人がいるのか？　一体誰だ？」という話に発展していた。

恐ろしい問いに全員声を失ったが、どういうわけか「探してくる」と堅く約束した。

身近に住んでいる大人がたとえ憎い敵とはいえ、人間を殺してきたとは…。私たちは恐しさに息をつめ、無言のまま家に帰った。

「戦争の時、アメリカ兵を殺した？」と聞いたら、聞かれた相手はずっと苦しむにちがいないと子供心に感じた。

大人は戦争の話さえしないのに、敵を殺した話をするはずがなく、案の定、仲間の誰一人、聞き出せなかった。

何日もたったが、誰も「敵を殺した人」を探せなかった。

しだいにこの問いは発してはならないと私たちは考えるようになった。相変わらず競い合いは続けたが、変に熱が入らなくなった。

以前から城間の泉町と伊祖をつなぐ道を夜な夜な足や頭のない兵隊の幽霊が「歩く」という噂が仲間に広がっていた。

道の両脇の墓地には遠い先祖と一緒に、十数年前に戦死した人たちも眠っていた。「戦死した人は死んでも死にきれない」と言うAに「じゃあ、生きているのか」と仲間の一人が口をとがらせた。

戦死者が恐い恐くないという二人の論争が肝試しに繋がってしまった。

二、三日後の夜、墓地の一番奥の墓の前に先の者が置いたボールを次の者が取ってくるという、度胸を競い合った。

私が最後になった。直前はAだった。Aが置いたボールを取りに墓に向かった。ところが、ボールは墓地の手前に置かれていた。

ボールを持ち帰り、Aを見たが、Aは私の視線を感じたのか、うつむいた。

Aの意外な一面を見た。日頃「日本軍の精神力」を強調し、戦死者も恐くはないと言っていたが…。

Aは戦死者は「生きている」と信じているから墓が恐いんだ、とふと思った。

ボールの秘密は誰にも話してはいけないと自分に言い聞かせた。

（うらそえ文藝　２０１０年5月）

第二章

原風景Ⅱ

想像の浦添

三年前、浦添市字港川の、三十年前の少年の頃に夢中になって遊んだカーミジの脇に車を止め、弁当を食べ、うたた寝をした時、胸がかきむしられるような、深いなつかしい思いに襲われ、夜、三十年の時間を空費した後悔の念にひどく胸をいためた。カーミジが何だったのか、わからないが、私の作品が最初に雑誌に載ったのは、「海は蒼く」というものだったし、一行目に老いた亀の形の大岩・カーミジが出てくる。もしかすると、私を不安に陥れるものにあらがうように、無意識に私は、カーミジを作品に定着させ、万が一、カーミジがなくなっても、自分の心の中に永久にファイルしたという思いにほっとしようとしていたのかもしれない。

カーミジ以外にも私の時の空費を悔やませるものは（形は消えても）浦添にいくつもある。戦後まもない頃、仲西小学校の近くの、まだ岩がむきだしになり、小木や雑草しかはえていなかった丘に、銀色に輝く巨大な宇宙船が降りたったように米軍の水タンクがそびえていた。登下校の時には真下から見上げたし、教室の窓からも見えた。朝、昼、夕方、また、日々、巨体の色は微妙に変わった。毎日見ていると自分と密接不可分になり、自分が大きくなったような気がした。

自分と表裏一体にあるような、このようなカーミジや、銀色の水タンクは時がたつにしたがい、個人の不思議な国、夢の国になっていく。

私はつねづねこの夢に似た国を悠久の時間の中にサンドイッチのようにファイルしようと考えている。

芸術というのは、変わらない心の中のもの（強固に固まっていく夢の国）が変転極まりない時代と桔抗をくりかえしながら、つまりは、無慈悲な時の流れに壊される心の風景をキャンバスや文字の中にファイルする行為ではないだろうか。ひとは幼少の頃の心の風景をなんらかの形にファイルしなければ、実際の風景がなくなった時（なくならくても）、心のすきまに虚無のようなものが忍びこむのではないだろうか。

私の「カーニバル闘牛大会」というファイル（作品）は幼少の頃に見たウシモー（闘牛場。今の浦添ショッピングセンターのあたり）と屋富祖の米軍基地の米国独立記念日が結びついたものだし、「ギンネム屋敷」というファイルは安波茶川の近くのギンネム林に囲まれた家が発想の種になり、「ジョージが射殺した猪」というファイルはコザが舞台になっているが、三十年ほど前の屋富祖周辺が強く反映している。

私は最近、瓦のかけらに古代の月光があたり、おぼろな世界があらわれるように、浦添の古代の人の心を再現できたら、どんなに素晴らしいだろうなどと夢想し、数年前、浦添城址から出てきた二十歳前後の未婚の女性だという屈葬の人骨に想像をめぐらせたり、浦添城が復元（に向けての計画が進行しているようだが）されたら、城内を舞台にした組踊りやギリシャ劇やシェイクスピア劇のようなものがようえいする活劇を展開させようなどとなんやかんや空想している。

邪馬台国論争が歴史学を超え、想像力の範疇に足をつっこんでいるように、琉球国の建国の謎を想像するというのはつきない興味がある。

私はまた、古代にかぎらず、田宮虎彦の「足摺岬」とか、太宰治の「津軽」とかのように浦添を想像で形象して、後世に残したいという見果てぬ夢を見ている。後世には残らなくても、昔なじみの浦添の心象風景を自由自在につくりかえて、その中に遊ぶ愉快さは、もしかすると、大規模な土木工事を完成させた技師よりも大きいかもしれない、などと考えたりする。

偏狭な地域を書くのを批判するむきもあるが、たとい、「世界」を書いても、つまりは「自分」を書いたにすぎないし、近ごろは、自分の血が流れている作品にしか人の血は流れない、などと感じるようになってきた。

今、画家になっている三歳年上の幼なじみが、小学生の時に書いた絵を、私はまだ覚えている。夕暮の中に数本の電柱が立ち並んだ単純な絵だったが、私はその風景を思い浮かべると、一瞬のうちにあの時代につれもどされるような気がする。形のあるものは時の流れの中で変わっていくが、想像は変わらずに、逆に固まる。

浦添の想像の世界の発掘はほとんど処女地だし、埋蔵されているものは無尽蔵だと考えられるから、「想像の浦添」というのはおもしろい趣向だと思う。ひとつの方法だが、各自が浦添だけに題材を限った各自だけの絵画展や写真展を開催するとか、浦添三景を選定してみるとか、文学なら題材を浦添だけに限る（松山市の主催する「ぼっちゃん文学賞」は夏目漱石のゆかりの地ゆえの企画だが、最近募集要項が新聞紙上に発表された「岡山文学賞」は岡山を舞台にしたものか、あるいは岡山の人物をモデルにしたもの、と規定されていたように記憶している）と、各自の中にかすみがかかっていたものがくっきりと見えだすようになるのではないだろうか、と考える。

将来・名作紀行の中に浦添を舞台にした作品があらわれたり、浦添の風景を描いた名画が生まれたりして欲しいと願う。西洋のような石の文化でもなく、日本本土のような木の文化でもない、きわめて独特な文化が花開く予感がする。
（「21世紀へジャンプ　逞しく市制20周年　躍動・うらそえ」1990年11月）

新年号

今は、雑誌の新年号は十二月初旬に発売されるが、数十年前の、私が小学生の頃は、船便のせいか、正月が近づいた頃に店頭に並んだように覚えている。お年玉のもらえる正月が待ち遠しかった。あと何日と指折り数えた。

新年号にははちきれんばかりに豪華な付録がついていた。表紙の、目もさめるような色彩の、鎧兜《よろいかぶと》を着た、きりっとした顔立ちの美少年と、着物姿の美少女が私を見つめていた。付録は何だろうと私は寝入るまぎわ、毎晩さまざまな空想を広げた。

元旦、私は早起きをした。母親は着物を着ていた。着物からはナフタリンのにおいがした。「ああ、正月だなぁ」と私は思った。親からもらったお年玉では、雑誌を買うには足りなかった。私は黒の学生服、学生帽という正月の装いに着替えた。正月用に親に買ってもらった、新しいズックを履き、家の中を歩き回った。

家から二百メートルばかり離れた所にある高台に向かい、まだ夜の明けきらないのに、隣近所の人々がざわめきながら、歩いていた。私も人々にまぎれるように何の気なしに高台に登り、初日を見たが、雑誌とお年玉が目の前をよぎった。日頃、小遣いが手に入る時もあったが、すぐ飴《あめ》玉やパッチー（めんこ）やタマグァー（ビー玉）などを買い、少しも蓄《た》まらなかった。少しでも貯めておけばよかったと悔いた。

私には他の子供より毎年五倍ほどのお年玉をくれる親戚のおばあさんがいた。しかし、なぜか今年はこのようなうまい話にはならないような気がした。他の子供と同じ額のお年玉しかもらえなかったら、すぐ、四キロほど離れた、別の親戚のおばあさんの家に走ろうと考えていた。このおばあさんも私をかわいがっていた。常識の倍の額が望めた。

人見知りのする私はおばあさんの家を一人朝から訪ねるのが億劫《おっくう》だった。しかし、喉《のど》から手が出るくらいに欲しい雑誌が、私の足を前に進めた。日頃からおばあさんを訪ねたり、話をしておけばよかったと思った。正月の時だけお年玉を目当てに、しかもふつうの額の五倍を目論み、訪ねるというのは後ろめたかった。だが、躊躇《ちゅうちょ》できなかった。早く本屋に行かないと、お年玉をもらった同年生が買ってしまう恐れがある。

私は朝ごはんも食べずに、おばあさんの家に出かけた。人形の絵が描かれた羽子板をふり、羽つきをしている、赤い髪飾りをさし晴れ着を着た少女たちより、雑誌の表紙の若武者や姫君は何倍も凛々《りり》しく、美しかった。

おばあさんの家の庭には雑種の、しかし、やけに大きい犬が寝そべっていた。朝っぱらだから、犬も機嫌が悪いだろうと私は立ちどまった。私は日頃はめったにこの家を訪ねなかったが、犬は私を知っていたのか、吠《ほ》えず、少し立ちあがり、二、三回しっぽを振った。しかし、「あまり親しくはないから、会釈ぐらいすればいいだろう」というふうに、すぐ顔をそむけた。

おばあさんは機嫌がよく、私は期待した額のお年玉と餅《もち》を一個もらった。私は飛び出すように門を出た。少しだぶついている晴れ着を着け、小さい頭に赤い髪飾りをさし、鎖のついた、ピンクのビニール製の手提げバッグを持ち、お年玉をもらいに来た妹とすれちがった。妹は何か言いかけたが、私はふりむくゆとりさえなかった。

四キロほど離れた親戚の家には雑誌を買ってから行こうと考えた。だが、本屋から雑誌は消えていた。いくら探しても見つからず、店主に聞いたら、売り切れだという。私はすぐに数百メートル離れた小さい本屋に向かい、走った。吐く息を寒風が白くした。白い息が目の前にもやった。どうかありますようにと祈りながら走った。私は店に飛び込み、息を切らしながら、目を見開き、探した。見つからなかった。店中探したが、やはりなかった。店主に聞いたら、売り切れだという。私は全身の力がぬけた。だが、一キロばかり先の本屋に向かい、走った。私はショックを和らげるために、持っていた餅を食べながら走った。寒風を激しく吸い込み、鼻が痛く、飲み込むように食べた餅が胸やけをおこした。しかし、雑誌に神経が行き、ほとんど気にならなかった。雑誌を手に入れたら、すぐ紐《ひも》をとき、付録を見ようと胸を踊らせた。

あの頃、元日は学校に出、級友たちと正月の歌を歌ったように覚えている。私はあの日、走りながら、ふと罪悪感のようなものを感じたから、もしかすると登校しなかったかもしれないと思う。一人崖《がけ》の上から凧《たこ》をあげている同じクラスの友人を見たが、学校嫌いの彼はふだんもよく授業をさぼっていたから、あの日が出校日ではなかったと断定はできないだろう。

三番目の本屋は文房具類が多く、本は少なかったが、私が求めていた雑誌が目に飛び込んだ。店主以外は誰もいなかったが、私は雑誌をすぐ抱きかかえた。ポケットからお年玉をとりだし、払い、すぐ本屋を出た。紐をとくのがもったいなかった。家に向かい、また走った。

（琉球新報　１９９７年1月1日）

月遅れ号

昭和三十年代の初頭、大通りに一軒のトタン葺きの書店が建った。

通学路から外れていたが、私たち小学生は学校帰りに立ち寄った。私は夕食後も暖かい橙色の明かりに誘われるようにワクワクしながら出かけた。大通りの両側に立ち並んだレストラン、洋品店、質屋、飲み屋などには夜の喧噪が絡み付いていたが、なぜか書店には落ち着いた雰囲気が漂っていた。いくぶん奥行はあるが、間口は狭かった。電灯の明かりが届かない天井の近くの棚に古びた分厚い大型の本が数冊並べられていた。入るたびに妙に印象に残った。この不思議な本をどういう人が買うのだろうかと思った。

時々、月刊誌を買った。夏の号には昆虫や魚の飼い方が載っていた。獲った昆虫は見飽きたら逃がしていたが、色鮮やかな挿絵や説明書を見ながら大きいガラス瓶にたっぷりと軟らかい土を入れ、葉の付いた枝を挿し、昆虫を放ち、じっくりと観察を始めた。

このように知識や新しい方法を得る興味はあったが、店頭に飾られている、魚をすくう網、ゴムのプロペラ飛行機、水に浮く帆掛け船、金魚鉢などにも心を奪われた。

ある月などは月刊誌を買おうと興奮しながら家を飛び出したのだが、気がついたら、いつのまにかこのような品物を買っていた。

一年ほど後、通学路の一画に貸本屋が建った。書店から仲間の足が遠退《とおの》いた。

彼らは自分が借りた本は誰にも見せなかった。暗黙のうちに交換するようになり、誰かが借りた本を読ませてもらうには自分も借りなければならなかった。

新しい本が好きだったが、まもなく仲間と歩調を合わせ、貸本屋に出かけた。

いつしか貸本の冒険物に夢中になった。内容をしっかり覚え、思い起こしながら主人公のように山や洞窟を探検し、砂浜に「宝物」を隠した。危険な漂流や孤島生活の真似をし、大人たちに怒られた。

しだいに冒険物を繰り返し読みたくなった。貸本はすぐ返却日が来るから何度も借りなおさなければならず、お金が勿体ないと思うようになった。

以前のように月刊誌を買おうと決め、久しぶりに書店に行った。貸本屋ができたせいか、売れ残った月刊誌が隅の方にひっそりと置かれていた。価格は今月号の半分以下だった。一瞬迷ったが、月刊誌以外に他の品物も買える、と気づいた。月遅れ号と昆虫注射セットを買った。

沖縄は新しい号も本土より一ヵ月後にしか店頭に並ばないと以前上級生から聞いていた。月遅れ号は二ヵ月の遅れになるが古い感じはまったくなく、何も気にならなかった。十字に固く結ばれた紐を解く瞬間、新しい号を買った時と同じように胸が高鳴った。

新しい号や、貸本にも推理物が掲載されていたと思うが、どうしたわけか、月遅れ号の連載推理小説に夢中になった。自分なりに筋の展開や、主人公が危機を脱する方法や、犯人にさらわれた美女の運命などを推理した。推理は探検ごっこより楽しく、遊び用具にもさほど食指が動かなくなり、月遅れ号を毎月欠かさず買うようになった。

次の号が待遠しかった。「答え」が載っている新しい号は既に店頭に並んでいたが、はやる気持ちを抑え、月遅れ号になるのを待った。「答え」の出る期間が長ければ長いほど、たっぷりと推理を楽しめた。推理に「修復」を加えたりもした。

手に入れた時は家に帰るのももどかしく、書店の近くの大木に登り、ページをめくり、自分の推理が正しいかどうか、確かめた。

私の他にも月遅れ号を買う生徒がいた。学校帰りに覗いた時にはちゃんとあった月遅れ号が翌朝、登校前に駆け込んだら、店頭から消えていた。

自分の推理の正誤が分からなくなった。分からない分想像を逞《たくま》しくはばたかせた。

数ヵ月後、月遅れ号が店頭に並ばなくなった。

貸本屋が買い取っているという話を耳にしたが、確かめる術もなく、（今思えば書店のおばさんに聞けばよかったのだが）しかたなく新しい号を買うようになった。


（本の旅人　２００７年４月）

「豚の報い」

「豚の報い」の映画化の話が出た時、豚が精神に入り、人を浄化するという物語を、即物的、視覚的な映画がどうとらえ、描くのか、私は気になり、ふと暴行や殺人などが起きる（二十数年前、沖縄ジャンジャンが舞台化、何週間か上演した）「ギンネム屋敷」が脳裏を掠《かす》めた。

話の中から「豚の報い」のテーマはアジア人全体の根底に横たわっている、沖縄の映画というよりアジアの映画にしたいという崔洋一監督の意図がわかった。

監督、脚本家の鄭義信さん、プロデューサーと何回かロケーションハンティングに同行した。撮影のメーン舞台に古宇利島、津堅島、久高島などが候補に上がり、検討の末、久高島に決定した。

私は一九六六年、大学一年の時、史学科の仲間とイザイホーの調査に久高島に渡った。十二月末の寒い夜、神になった島の女性たちの群舞に衝撃を受けた。「豚の報い」の主人公の故郷を久高島に設定したのは、あの時の強い印象が影響している。

一方の舞台、浦添市の飲み屋街は通学路にしていた頃《ころ》とほとんど変わらず、ホステスは年老いたママ一人しかいないような小さい飲み屋が軒をつらねている。この飲み屋街を数十頭の豚が走った。豚のオーディションもあり、一番元気な、容姿のいい豚に監督が「ハジメ君」と名付け、一軒の飲み屋に闖入《ちんにゅう》し、ヒロインのマブイを落とすという重要な役を与えた。（ハジメ君も加わったかどうか定かではないが）数十頭の豚は五十メートルほど必死に駆けたが、監督の「オーケー」がなかなか出ず、何回もスタート地点に戻され、一斉に尻《しり》をたたかれ、走らされた。しだいに豚も不貞腐《ふてくさ》れ、私の同級生たちが支えている雨戸のような板に体当たりし、彼らをひっくり返し、脇道《わきみち》に逃げた。

豚を何回も走らせ、息苦しくさせた「報い」か、監督も一度窒息しかけたという。主人公の父親の体にテグスが巻きつき、大魚に海中深く引きずり込まれるシーンの撮影の時、監督自ら潜ったが、酸欠状態になり、気を失いかけたという。

崔洋一監督は時や流行に腐食されない固まりを確実に映像化したと私は思う。気がかりだった人の浄化というヤマ場も、執拗《しつよう》に即物的に表現し、逆にどこか静謐《せいひつ》な神話のように仕上げた。

小説「豚の報い」は「人の主体性のなさ」と「人は生きている間に救われるか」というテーゼを、昔トラックから転がり落ちた豚たちの命がけの逃走風景にぶっつけた。崖《がけ》下の海岸に風葬された、主人公の父親の骨のイメージは子供の頃身近にあった風景から発生した。

小学生の頃、仲間と水に潜り、珊瑚《さんご》礁の割れ目に食い込んだ頭蓋骨《ずがいこつ》に触るという肝《きも》試しをしたが、一人野山にメジロを取りに行った時、突如目の前に現れた頭蓋骨が一段と私の胸を締めつけた。「死んだ場所から絶対動かないぞ」というかのようににじっとし、納骨堂の無数の頭蓋骨より多くを語っているように思えた。

翌日友人たちに話したが、この体験は今でも自分だけの秘密のように思える。（小説は自分だけが知っている秘密を暴露するというワクワクしたものが作者を突き動かした時にできるものと思われる）

頭蓋骨は日本兵だったかもしれないが、生きているヤマト（日本本土）の人とはめったに出会わなかった。生まれた時から四半世紀の間、私の中からヤマトはすっぽり抜け落ちている。

私の原風景の人物はアメリカ人が占有している。米軍は私たちの学校に体育用具、楽器などを寄贈し、運動場の整地作業をした。崖の上のハウスに住んでいたアメリカ少年たちと私たちはよく一緒に泳ぎ回った。水着姿のまぶしいアメリカ人の若い女性が、釣りをしている私たちの傍にニコニコしながら立っていた。

言葉も通じず、風貌《ふうぼう》もどこかマネキンに似ていたからか、私たちに劣等意識はなかった。むしろ、しょっちゅう先生に叱《しか》られている、落ち着きのない同級生たちがアメリカ人をこけにし、「自分の名前も書けないポンカスー米兵もいる」などとまことしやかに話題にした。中学一年の、琉米親善スポーツ大会の時、アメリカ代表の一八〇センチはゆうに超す白人少年と私は走り高跳びを競い、勝った。この日以来、私もアメリカ人がいったん怒ったら何をしでかすかわからないという恐怖を感じながらも、一段と胸を張った。

アメリカ人体験は少年の頃は「感覚的」だったが、大学生の時には「認識的」になった。この二つの相克、裂目の中から私の米兵をモチーフにした「ジョージが射殺した猪」などいくつかの小説が生まれた。認識はテーマをはっきりさせたが、しかし、小説の屋台骨は少年の頃の感覚から膨らんだ想像だと思われる。

（沖縄タイムス　2004年6月9日）

小説の風土

私は少年の頃、様々な目にあった。各地に残っていた防空壕の入り口に木箱の罠をしかけ、マングースを獲ったり、縄や蝋燭を持ち、奥深く探険したりしたが、ある日、トゥビインカジと呼ばれていた蠍に刺され、苦しんだ。艦砲弾が落ちた穴に溜まった水に板を浮かべ、遊んでいた時、溺れかけたりもした。公民館の広場の隅にぶらさがっていた、戦争中の米軍のボンベに頭をうち、血を流した。このボンベは若い女に餓えた米兵が集落に侵入してきた時に打ち鳴らす鐘だと中学生の先輩たちは言っていた。

私は戦争の体験はないが、このような目にあい、大人たちの生々しい、しかし、何かを隠しているような戦争の話を聞いているうちに、寝入るまぎわに戦争を想像する癖がついた。日本軍が巨大な新兵器を登場させ、米軍を壊滅させる情景を思い描きながら眠った。

私たちの目に焼き付いた山や浅い海底の戦死者の白骨や遺品に、大人たちから聞いた昔話や幽霊話などがくっつき、私たち少年は新たな幽霊話を作った。一人一人得意な幽霊話を持っていた。亡くなった場所や、亡くなり方により個性のある幽霊話ができあがった。足を失った兵隊の幽霊は夜な夜な軍靴の音をたてるとか、夜道を歩いている人の片方の肩が急に重くなると、頭をふきとばされた兵隊の幽霊の頭がのっかっているとかの話が何話も作られた。大人の女性たちが井戸端会議をするように、私たちは（昼間は鳥籠や折たたみの釣り竿やいろいろな遊び道具を作ったが）毎晩電信柱の下に集まり、幽霊話に魅了された。より強く仲間にショックを与えようと私たちはより残酷な恐い話を仕入れてきたり、作りあげたりした。死者に不謹慎になるような話も仲間に勝つために作ったりした。私は、餓死した兵隊の幽霊が民家に催涙弾（戦争中に本当に使われたのかどうかわからないが）を投げ込み、我慢できずに家族が外に逃げだした隙に食物という食物を担ぎ、空に昇っていったという話をした。

この幽霊話には実際の出来事が加味されているように思える。

さかんに幽霊話をしていた当時、畑仕事から昼食をとりに家に帰ってきた老夫婦がソーミンチャンプルー（ソーメン炒め）を食べだそうとした時、大男の米兵が喚きながら飛び込んできた。老夫婦が逃げ出した隙に、米兵は卓袱台のソーミンチャンプルーも鍋の中のソーミンチャンプルーもたいらげ、ゆうゆうと出ていった。

この出来事が起きたのは私の家の近所だった。食物に事欠いていたあの頃、この話をくりかえし、くりかえし私たち少年は話題にした。

虚実をないまぜにした米兵の話も私たち少年をひきつけた。次の話は半ば作りもの、半ば体験だが、私は仲間の誰にも話さなかった。

同じ集落の十八歳の青年が広大な米人ハウジングエリアを囲っている金網の底に数十センチの穴を開け、中から金目の物（時々は何に使うのかわからないがらくたのような物も）を盗んでいた。私は海に釣りに行く時、（人通りの多い道は一キロあまりも遠回りになったから）よくこの道を通った。ある日、新しく作った釣り竿を担ぎ、うきうきしながら通っていたら、突然何かが激しく迫り、足に激痛が走った。一瞬何が何やらわからなかった。金網の穴をくぐりぬけてきた大きな犬が不気味にうなりながら私の足を咬んでいた。釣り竿をふりまわし、犬をふりはらったり咬みつかれたりしながら逃げた。

集落の青年たちに話を聞かれた後、私は赤チンキをぬり、青年たちや（金網に穴を開けた青年も）区長と一緒にゲートのガードを通し、犬の飼い主の米人に抗議をした。しかし、飼い主は金網から入ってくる泥棒を咬ますために犬を放したという。私は痛みがなかなかおさまらず、米人や犬ではなく、私の海への通り道に沿う金網に穴を開けた青年をいまいましく思った。だが、前に鳥籠を作るのを手伝ってもらったから許してやろうと考えた。しかし、穴を開けた張本人なのに、米人に人一倍くってかかる青年が（もちろん米人は誰が穴を開けたのか知らなかった）情けなくなったり、恥しらずと思ったりした。米人は金網に穴を開けた責任を追及し続け、（犯人を知らないから、盗んだ物を返せとは言わなかった）青年たちが口を揃え、傷の補償を求めても全く耳を貸さなかった。私の治療費は青年たちが公民館に出させると勝手に約束したが、公民館が支出をする根拠もなく、うやむやになり、結局、私の親が病院に支払った。何日か後に出会った犯人の青年は私に「咬んだ犬がシェパードでなくて、よかったな。シェパードは軍事訓練をうけていて、足ではなく、首に咬みつく」と言った。私は内心憤慨したが、足の痛みはほとんど消えていたから、口答えはしなかった。

年がいくにしたがい、私の単調な日常に顔を出し、目を向けさせる、このような私の少年の頃のアンバランスの体験は時々今の状況とぶつかり、鮮やかに蘇ったりする。私は少年の頃の体験を再現するのではなく、休験の中にある衝撃や感動を引きずりだそうと考えている。あの頃の出来事や噂話の内部に潜んでいるショックを増幅させようと四苦八苦している。

（「群像」十月号、ベストエッセイ'98「夜となく昼となく」日本文藝家協会編・光村図書）

処女作の舞台

処女作『海は蒼く』の少女は「早く年をとりたい。五十歳になりたい」と願う。

二十代の前半、肺結核を患い、一年近く入院した。「極力動かない」生活を強いられた。一日中ベッドに横たわったまま、いろいろ考え、ひどく理屈っぽくなった。担当医がレントゲン写真を見ながら「二十年前なら助からなかった」と言った。二十年前は五、六歳だからカーミジ（亀岩）も知らずに昇天していたんだ、などと思った。

退院後すぐカーミジに向かった。満潮時は一様に青い水に覆われているが、潮が引くにつれ、様相は一変した。色鮮やかな多種多様の生命体の出現に驚嘆しながら歩いた。少年の頃の自分が「現出した」ように感じた。私をがんじがらめにしていた「理屈」が一挙に吹っ飛んだ。何かを表現したいという衝動にかられた。

復職した時、同僚たちは「日焼けしている。長く入院していたとは思えない」『入院前より健康そうだ」と口々に言った。

『海は蒼く』の主人公の少女はひどく疲れていたが、「チャーター舟の女」や「米人ハウスの少女」はどこか輝いていた。

崖の上のハウスからアメリカ人の少女が時々カーミジに降りてきた。親しげに微笑みながら私たち小学生の釣りや泳ぎを見た。はっとするようなフリルのついたナイロン製の白い服をいつも着ていた。

大学在学中、友人の故郷の宮古島に長期間遊びに行った。ある日、伊良部島に渡った。嵐がひどくなり、帰りの定期船が欠航した。チャーターした、頼りなさそうな痩せた老人のサバニに私たちの他にどういう経緯からか、ハイヒールに白いワンピース姿の若い女性が乗り込んだ。雨や潮を含んだ強い風が女性の椅麓に結った髪に吹きつけた。サバニの上に荒れ狂った波が見えた。船頭が「伏せろ」「縁をつかめ」「動くな」と叫んだ。命知らずの年齢のせいか、若い女性がいるからか、なぜか命の危機は感じなかった。

『海は蒼く』は「アメリカ人の少女」や「伊良部島の女と老船頭」をモデルにしたのではなく、「人生論」的なテーゼをきっかけに書いた。書き上げた数日後にふと（潜在意識に潜んでいた）ふたつの出来事を鮮やかに思い出した。

三十年ほど前に書いたこの小説の内容はよく覚えていないが、タイトル自体が今でも私にすぐあの二つの出来事を想起させる。

日記を付ける習慣はないが、もしかすると書き上げた小説が私の日記になっているのだろうか。

『海は蒼く』が文芸誌「新沖縄文学」に掲載されるという連絡を受けた私は一人北部のビーチに出かけ、浮袋を借り、長い間、感慨に耽りながら海を漂った。最近、小さい釣り竿を持ち、埋め立てられていない海岸を求め、遠くに車を走らせるが、めったに人のこない海岸も人の手が加えられている。「今夜はいっこうに釣れないなと思いながら一晩中、竿を出した。夜が白々と明けた。埋め立て地の上に針も餌も横たわっていた」という話が笑えないほど、海の浅瀬は消えている。

埋め立てを目の当たりにするにしたがい、私はより強くカーミジを思い出す。今、竿を持ち、自然が残っている海岸を探すというのは少年の頃の「自分だけの」風景を追い求めているのだろうか。

カーミジに行かないのは「神聖な場所」を奥底にしまっておきたいからだろうか。

三年ほど前、私の小説の「原風景」を写真に撮りたいというカメラマンをカーミジに案内した。

カメラマンと別れた後、少年の頃、盛んに魚を釣った沖合のクムイ（礁湖）を探した。夏、毎日のように釣りをしたクムイがちゃんと存在していた。数十年ぶりに餌を打ち込んだ。あの頃と同じようにすぐクサバー（ベラ）が食いついた。手に伝わるクサバーの感触が時間を逆流させた。

私は原風景にどういう意味があるのか、探りながら小説を書いているというより、意味が作品におのずと滲み出てくるのを期している。

数年前に公務員を退職した私はなぜか「カーミジは健気によく生き残っている」という感慨を抱いたりする。「自分の大切なもの」を紙の上に記す行為は小説の一番小さい、しかし強固な端緒になっているように思う。


（うらそえ文藝　２００６年5月）

何時間、書斎にこもっても飽きない

小・中学生の頃、バレーボールの練習にうちこんだり、海で泳ぎ回っていたせいか、教室の窓の外から聞こえる、授業が早く終わった低学年生の歓声に落ち着きを失い、「まもなく遊べる。あと少しの辛抱だ」と自分に言い聞かせながらベルがなるのを待った。

勉強の害を説く先輩にも影響された。彼は、ぼんやりした目をし、真夏の真昼も集落内をうろついている青年を例えに出し「勉強すると、あのようにガクブリ（学問狂い）する」と言った。

また、近所に住む校長を背後から指さし「勉強すると頭があのように禿《は》げる」と強調した。彼の話は妙に説得力があり、私たち後輩は勉強はしすぎないようにしようと思った。

二十数年前、少年期を題材にした小説を書き始めた頃、琉球大学の大田昌秀先生の講話を聴いた。「私は何時間、書斎にこもっても飽きない」という言葉が頭に残った。

小説は体験が九割、執筆は一割などと思っていた私は一時間書斎にこもったら飽きた。書斎には一体どのような魅力があるのだろうと考えた。しだいにいろいろな本に愛着が湧《わ》き、本棚の圧迫感がなくなった。

いつのまにか書斎にいる時間が苦にならなくなり、最初の頃、外に出ようとうずうずしていた体もすっかりおちついた。

書斎の中に長くこもると、たしかに頭はぼんやりするが、ぼんやりした頭から少年の頃、活発に遊んだ珊瑚《さんご》礁の海や、グアバや山苺《いちご》採りに熱中した山の風景などが出てきた。

湧き出てくるこのようなイメージは私の創作を強く支えている。頭が疲れたからリフレッシュしようと書斎から出るのはもったいないと思う。

（朝日新聞夕刊　２００３年３月１９日）

想像力

昨年の暮れ、何げなくテレビをつけたら「卯《う》」から「辰《たつ》」へ、干支《えと》の交代式が映し出された。大きなウサギを抱いた女性と、辰にちなんだイグアナを抱いた女性が笑い合っていた。

古代人は遊び心や深い祈り、あるいはリアリティー（実在感）をこめ、十二支中、唯一想像上の動物を実在の動物の列に加えた。

竜のような奇っ怪な動物を作り出した端緒は、大型恐竜の骨ではなかっただろうか。巨大な物に恐れ慄《おのの》き、同時に崇拝していた古代の人々はたまたま見つけた恐竜の骨に驚愕《きょうがく》し、また歓喜し「肉付け」したのではないだろうか。仲間と侃々諤々《かんかんがくがく》とイメージを出し合い、しかし厳かに、胴体は大蛇、顔は肉食獣、爪は大鷹などと、この世の強力な動物を合体させたと思われる。

古くから神話や彫像に現れる巨人の原型は、体が大きく、何百キロの物を持ち上げる怪力の持ち主だったというネアンデルタール人の骨ではないだろうか。

大自然や災害や獰猛《どうもう》な獣などを前に、「小さい」人間たちは「大きい」物を渇望し、「自分も大きい」と信じこもうとした。

竜や巨人と同化し、巨大な体、強い力を自分の中に浸透（あるいは錯覚）させたのではないだろうか。

人が大自然や巨大な動物ではなく「人」に関心を抱くようになった時、文明が発祥したと思われる。巨大な動物の壁画は激減し、巨大な人のレリーフや石像が増産されるようになる。

小学生の頃、毎日のように仲間と背比べをした。まっすぐな木の幹に背中をくっつけ、ワイワイ騒ぎながら印をつけた。計り方がまずかったのか、前日より二、三センチも高くなったり低くなったりした。

冬休みに入ったとたん、同級生のAが「二メートルの男を見た」と言った。「嘘だ」「本当だ」と喧々囂々《けんけんごうごう》した末、確かめに東隣の集落に向かった。

話題の男は空き家の縁側に、寒いのか足を抱きかかえ、寝ていた。私たちは男が起きあがるのを辛抱強く待った。男はようやく目覚め、背伸びをした後、歩き出した。仲間一背の高いBが男に寄り添うように歩いた。男はBをいぶかしげに見たが、何も言わなかった。私たちは後ろから「計測」した。男は一六五センチのBよりせいぜい一〇センチあまりしか高くなかった。

帰り道、「二メートル」と言ったAは小さくなっていた。

私は二メートルの男に会えると思っていた間はあれやこれや想像し、胸をワクワクさせ、快感にひたった。がっかりしたが、たぶんAは嘘《うそ》をついたのではなく、何かの拍子に錯覚したのだと思った。「大きい男を見つけた、早く仲間に報せよう」という気持ちが高じ、仲間を探している間に少しずつ「つみあげ」、いつのまにか「二メートル」になったのではないだろうか。

北隣の集落にも「大男がいる」「いつも高下駄《げた》をはいている。時々、足を鍛えるために鉄の下駄をはく」。このような噂が私たちの耳に入った。

噂が静まりかけた、冬休みの終わり頃、この「大男」が私たちの遊び場を横切った。鉄の下駄をはいていたから、すぐわかった。

「大男」は無精髭《ぶしょうひげ》をはやし、人相が悪かった。少しビクビクしながら意を決し、並んで歩いたBより（鉄製の下駄の高さを差し引いたら）やはり一〇センチくらいしか高くなかった。噂は物事を大きく想像させるんだと思った。

近世、「人」を「動物」化する表現が現れた。「西遊記」では猿、豚、河童《かっぱ》が人格化され、人の特性を象徴している。近代、カフカは人を「虫」にした。

芥川龍之介は古代人に近代の精神を注入したが、近代人の中に古代の精神を蘇《よみがえ》らせても新しい何かが出てくるような気もする。

（沖縄タイムス　2012年1月15日）

幻の女たち

思い出がよみがえったから書く、というより書こうとするから過去が浮かび上がるようにも思える。

この稿も「幻の女たち」という題名がまず浮上し、半世紀以上の星霜を経た、小学二年生の時の出来事が現れてきた。

集落対抗学年別リレーは毎年、小中学校の運動会のフィナーレを飾った。私はG集落の小二の走者だったが、リレーや運動会の様子は完全に忘れている。夢幻のようにも思えるが、G集落の小一から中三までの選手が写った記念写真に私もちゃんといる。運動会の喧騒の後だったせいか、どこか物悲しく、薄ら寒い風が吹いていた。薄暮の中に何本も電柱が連なっていた。

運動会から家に帰る途中だったのか、家から祝勝会の会場のG公民館に向かっていたのか、定かではないが、私の前を二人の女が腕を阻み、歩いていた。

ふつうなら生徒たちがぞろぞろうごめいているはずだが、なぜか道には私たち三人しかいなかった。

年齢も容姿も不確かの、ぼうとした影のような二人の女はいつのまにか私に寄り添っていた。

二人の女が姉妹なのか、友人なのか、あるいは（腕を組んではいるが）まったく知らない他人同士なのか、わからなかった。もし（当時よく見かけた人たちのように）片腕を失っていたり、顔に戦争の傷があったのなら私の記憶にはっきり残ったはずだが…ふつうの人と何ら変わらなかった。

健闘し一位になった私を女たちは「褒める」と思っていたが、女たちは「うちらも本当にたくさん走ったのよ」と戦前の運動会の話をした。

ほどなく私は、心を病んでいる女だと気づいた。二人とも病んでいるのか、わからなかったが、少なくとも集落のはずれに住んでいる一人は私たち小学生のうわさに上がっていた。どのように病んでいるのか具体的には知らなかったが、日ごろからこの女には近づかないようにしていた。

戦争中に心が病んだというこの女を「かわいそうだ」と思った。この記憶は消えずに残っている。

女たちの声は透き通り、妙に心にしみたが、あの突然のしゃべり方は尋常ではなかった。とめどなく後から後からすごい早口の言葉が出てきた。

女たちは戦前の運動会の走り競争の話をしたが、戦時中、どこまでも逃げ回った話のようにも聞こえた。

女たちは私に「走って、走らないと死ぬわよ」「死ぬよ、死んでしまうよ」とわめくように言った。私は走り、女たちから遠ざかった。

この話のどこからどこまでが事実なのか、想像なのか、区別がつかなくなっている。

遠い過去を懸命に思い起こそうとすると、事実とちがう何かがくっつくように思える。

人は無意識にしろ事実の断片に少しずつ想像をつけ足し、補強し、生きてきた「証し」を記憶にとどめているのではないだろうか。

強烈に心に焼き付いた事実はさまざまな想像を引き寄せる。事実の空白の部分をなんとしてもよみがえらせようとするとき、人生（観）や感性が想像の翼にのる。

小説はもしかするとこのような過程を踏み、出来上がるのではないだろうか。

小二の時、私に寄り添った二人の女は、死者や幻想的な人に、あるいはふつうの人に姿を変え、私の小説に登場する。

戦没者の三十三回忌の年の前後（小二の時から二二、三年たっていた）、私は『ギンネム屋敷』という小説を書いたが、二人の女は朝鮮人の女に形を変え、登場した。

今、五八年前のあの出来事を振り返り小説を書いたら、どのような二人の女のせりふが出てくるだろうか。

（沖縄タイムス　2014年3月16日）

第二章　原風景Ⅱ

第三章

自然I

ガジュマルの上

ガジュマルを切り、ジャングルジムやぶらんこを設置した小公園を造るという噂が流れていたせいか、二十代前半だった私は戦前から生えている幹が太く、気根が棒のように固まった見事なガジュマルに上った。木くずや蜘蛛の巣や小さい虫が首筋にくっついたが、ゴワゴワした幹に体をまげ、仰向けに寝た。

私は連日ガジュマルに上った。落ちるから、ぐっすり寝るわけにはいかず、就職試験の「問題集」もだいぶ暗記した。木の近くには慰霊の碑があり、たまに老女がお参りに来たり、野良犬がうろついたりしたが、木の上の私には頓着しなかった。

自宅や図書館ではたいていてい一時間もするとまぶたが閉じてしまうのだが、木の上では何か木自体が私自身に感慨を与え、わくわくした少年期の感覚を蘇らせたように思う。私は（今は近眼になったが）あの頃は保護色のトカゲを真っ先に見つける「名人」だった。竹で籠を作り、小鳥を捕るのも得意だった。木の上に板を置き、蔓を張り巡らし、四苦八苦しながら自分なりに満足のゆく小屋も作った。

木の上の小屋に私はよく雑誌を持ち込んだ。小遣いをため、ようやく少年向けの月刊誌を買った時の胸の高鳴りと、表紙の色鮮やかな若武者の絵を、ゴワゴワとした木の肌触りや、葉の間からキラキラ顔を照らす陽光や、落ちた実についた蠅などと一緒に今でも覚えている。

最近は文化も抽象化したりしているせいか、わかりにくくなっているが、元来、文化というのは自然に触発された人間の感性ではないだろうかと思ったりする。自然に遍く存在する美しいものを逃がさないように捕らえる所作、ちょうど、飛びながらさえずる小鳥の声を音楽や詩に、闇に隠される前の山並みを絵画に閉じこめようとするもののように思える。

ただ、失われていくものを絵や文章にし、写真にとっておくというだけの話とはいささか違う。武者小路実篤の小説には情景描写がほとんどないが、自然から何か感慨をうけたような気配がにじんでいる。もしかすると（心理のからくりは知らないが）「なくなるものを惜しむ心」が何かを生み出す力を生じさせるのではないだろうか。

しかし、最近のように徹底的に変貌した自然はもはや私たちを触発しえなくなる。何も触発されなければ、文化は衰弱の坂を確実に転がり落ちていくと私などは考えたりする。

「落ちたら危ないから上ってはいけない」という看板が立てられた木に今頃、大人が一人上り、本を読んでいると、（ちょうど猿を見るように）周りに人が集まるのではないだろうか。

あのガジュマルの大木の近くに慰霊の碑があったせいか、小公園の計画はいつのまにか立ち消えになった。ガジュマルの大木がなぜ切られなかったのか定かではないが、もし人々が「偉大なるもの」に畏怖の念を抱いていたからというのが理由ならば、文化は滅びないだろうと思われる。

（沖縄県文化協会「創立5周年記念」1995―2000）

「沖縄の記憶」の喪失

私は高校生の時、友人とよくヒッチハイクをしながら山原（ヤンバル。沖縄本島北部）にキャンプに出かけた。「名護の七曲がり」と呼ばれた海岸沿いの道を米軍払い下げの迷彩色のでかいリュックを背負い、歩いた。七曲がりは、ほんとうは五十一の大きなカーブがあるといわれていた。カーブを曲がるたびに海浜の風景が変わり、好奇心が棒のようになっていた私たちの足を前に進めた。何種類もの珊瑚や白い砂浜やアダン林や、なんとも言えない太古の色と艶を残している岩などが現れたり、消えたりした。

このように私を魅了した七曲がりも戦争中、艦砲射撃を一斉にうけ、破壊されたという。

とすると戦前の七曲がりは想像もつかないぐらいの景観だったのではないだろうか、と私はあの時考えた。今は今帰仁村の馬場あたりにしか見られない琉球松の並木もたくさんあったという。

本土復帰に伴う、国の沖縄経済振興策等の大きな目玉が沖縄海洋博覧会だった。本土からも業者が大挙やってきた。関連事業も大々的に行われた。七曲がりも海岸が埋められ、山が削られ、広い、直線のアスファルト道路に変貌した。

沖縄海洋博覧会会場は海洋博覧会公園に変わり、観光コースになっているが、博覧会の象徴だった沖縄館も未来海上都市「アクアポリス」も閉鎖されている。何か沖縄の未来にあやしげな雰囲気が漂っている。

最近は七曲がりとは比較もできないぐらい沖縄の各地の海岸が埋められている。潮の干満により、陸になったり海になったりする砂浜や珊瑚礁の原が消え、いろいろな種類の生物が死滅してしまった。娯楽の場、生活の場、発見の場、水に潜らなくても海の中の神秘が目前に現れた、大きな驚きの場を永久に失ってしまった。

海浜の喪失は、少年少女の頃から海とともに生きてきた多くの老人たちの心をスポイルしているのではないだろうかと私は思う。老人たちは昔、海風が涼しく吹く海浜植物の木陰に集まり、何時間も談笑をした。珊瑚礁の原を遊び場にした。貝拾いなどを楽しみ、海の「気」を吸い、水平線のかなたから来るという「幸」を潜在意識にたっぷりとため込んだ。目には見えないが、至福の時間を過ごした。

老人たちは神ともいくぶん疎遠になったように思える。ある祭りなどは本来、御獄を去る神を集落の丘から見送り、一時間ばかりかけ砂浜に下り、また見送っていたが、今は道の拡張工事が丘を消し、コミュニティーセンターなどの建設工事が砂浜を埋めたため、御獄から神を見送るだけになってしまったという。

海をないがしろにするのは、沖縄の風土に根ざした、沖縄の心も埋めてしまうのではないだろうかと、私なりに危惧している。海水に浸かり、水平線からサバニに乗った夫や息子たちがやってくるのを手ぬぐいをふったり踊ったりしながら迎えたいという老女たちの感情をつくりあげ、このような感情がしだいに文化に発展すると思うのだが、今は多くの老人が人工の光と熱の中に一日中座っている。

私は磯釣りが大好きだから、もっぱら海浜に目がいくのだが、海浜と同じように集落内も「埋め」られている。あらかたの広場や路地も消えた。私は芭蕉布や月桃紙やフクギ染めなどの産業が盛んになってほしいと思う。盛んになると、各地に芭蕉や月桃やフクギが生い茂るだろう。木の陰ができたら、人々は家のクーラーの中から出てくる。人々が集まると誰からともなく話が出る。話し合うとどこか心が解放される。

木々には鳥や昆虫が集まり、すがすがしい音色があふれるだろう。子供は虫にペットとは違う興味を抱き、捕ろうと動きだすだろう。木から落ちたり、蜂に刺されたりし、身を守る術を体得するだろう。また、老人から虫の捕り方を教わり、ついでにいろいろなものを話し聞かされるだろう。

私は少年の頃、月桃の花を口に含み、音を出し、楽しんだ。葉に包まれたムーチー（鬼餅。伝統行事）の香ばしいかおりは餅の美味とともに、年がいくにつれ、私を郷愁に誘う。愛用の芭蕉布の着物を着た祖母が縁側に座っていたのをなつかしく思い出したりもする。

（東京新聞（夕刊）　1998年1月21日）

「変わらない自然」を

島の「改造」に拍車がかかったのは「海洋博」ではないだろうか。くぼみは埋め、隆起は削り、正面にある木は切り、岩は砕き、立派なアスファルト道路が小さい島の縦横にのびた。このような道路に吸い寄せられた建造物はあっというまに膨らんだ。

私はこの頃から急速に沖縄が小さく、窮屈になったように思う。

昔は曲がりくねった海岸線の道は先が見えないから、「長さ」がたっぷりと漂っていた。

陸と海の間にある珊瑚《さんご》礁の原は水平線を「遠ざけ」、「空間」が無限に広がっていた。

陸なのか海なのかわからない浜には波が引いた時は人が寝そべり、満ちた時には大きな魚が泳いだ。

海岸から引き潮の時にしか渡れない大岩を見つめ、私たちは待つという悠長な、しかし、至福の時間をすごした。

海を渡るというのはなんとも表現しようのない広々とした「空間」を感じさせる。珊瑚礁の原が消えるというのは、住宅地と山の間にあった野原がなくなり、窓のまぢかに迫り出した山に圧迫感を覚えるのと似ている。

大岩は埋め立てられ、潮の干満と関係なく渡れるようになり、自然の摂理と一緒に「驚愕《きょうがく》」という人生の深いものを失ってしまった。橋が架けられ離島ではなくなった「離島」や、合併した町（市）いうのは、小さい市町村が独自に持っていた伝統や風土や人々の気質などを一緒くたにしてしまわないだろうか。

本土復帰後沖縄には何兆円という資金が投入されたというが、いまだに県民所得が日本一低く、失業率が日本一高いというのはどういうわけだろうか。

紀元前千八百年頃のモヘンジョ・ダロの滅亡の原因は解明されていないが、「生活のために森を伐採したから」という説もある。

もはや小さい沖縄での開発は「自然に配慮する」どころではないだろう。配慮では自然の崩壊は防げないから、「残す」か「壊す」かの二者択一しかないのではないだろうか。ラスコーの洞窟《どうくつ》はレプリカを近くに造り、本物は密封し、後世の人に永久に残すという。秦の始皇帝陵の発掘も遠い未来の人たちのために手をつけないという。

　私は「なぜ今生きている人が享受できないんだ」と不可解に思っていたが、少年の頃、魂をふるわした珊瑚礁などが消えた今、フランスや中国の人の「手をつけない」理由がわかりかけてきた。

　最近は「経済復興」「産業復興」「企業創出」などの文字を見た瞬間、ドキッとするという芸術家たちが、失われていく風景（なんとも言えない驚異）を写真や絵や文章の中に、まさに極小の中にファイルしている。

　しかし、やはり自然自体の風景が、後世の人にもさまざまな生の感動を与え、新たな芸術家を続々と生み出す源なのではないだろうか。

　人の願望や思想はわりと容易に変わるが、自然は悠久の昔から変わっているのか変わっていないのかわからないくらいにゆったりと時間を刻んでいる。

「変わらない自然」は人生になくてはならないのではないだろうか。


（琉球新報　２００２年６月４日）

朝の散策

浦添市立図書館の近くに閑かに小川が流れていましたが、何年か前に底や側面をコンクリートで塗り固められ、しかも何カ所かは子供が落ちたら危ないと蓋までされてしまいました。好い雨が降ってもすぐ海に流れ込み、川岸の土にしみこんで、長く種々の植物を潤すという慈しみがありません。メダカやアメンボなどたくさんの小動物もいましたが、今はほとんど見かけません。

少年の頃貝拾いや釣りをしたカーミジ（亀岩）の浜に、何十年かぶりに下りたのですが、貝も珊瑚も足元にはありませんでした。海藻、熱帯魚、また、見かけの悪かった海胆や海鼠もほとんど消えていました。砂利道を海水が覆っているのではないだろうか、と錯覚してしまうほど、生き物の気配が希薄になっていました。

見慣れていて、日頃はあまり感じないのですが、家の近所の変わりようも大変なものです。現金収入の少ない、私が少年の頃はどこも家のまわりにバナナやパパイヤやバンシルー（グァバ）やシークァーサーなど実のなる木が植えられていて、早く熟さないか、と胸を躍らせたものですが、今は残らずコンクリートの殺風景な囲いに変わってしまいました。このような果物は日頃のおやつでしたが、旧盆にはお供え物にもなりました。小さい実を、毎日見守り、兄弟と分け合い、また仏壇の先祖にも食べてもらい、亡くなった家族ともつながっているという実感も湧いてきたものでした。

少年の頃の遊び場だったムーチー（六つ穴）壕の近くの松林も消え、ムーチー（鬼餅）の前の日、寒風の中、仲間と連れだって胸をわくわくさせながらムーチーガーサ（月桃の葉）を取りに行った丘も消え、無機質な団地や店舗に変わっています。戦争で焼かれた自然もようやく回復し、自然の寡黙な、しかし力強い生命力を目のあたりにして、心が豊かになる気がしていたのですが……。

「トムソーヤの冒険」の著者は「この作品に光と生命にみちた自然を封じこめた」と言っています。もしかすると、私たちを芸術や芸能の創作につなぎとめているのは、このような失われていく美しいものを惜しむ、生命が非生命に変わる無念の、心境、感性なのかもしれないと考えたりしています。このような感性が力になって、現代社会や人間の不条理に挑んでいるのではないだろうかと考えています。

日頃はほとんど気にもとめなかったものが、ある日、朝から散策に出たために目前に迫り、昔を思いだしてしまいました。

（うらそえ文藝　2000年4月）

宿題

『夏休みの友』だけでも息切れしたが、他に「昆虫」「植物」「貝殻」の中から一つを選び、標本も提出しなければならなかった。

宿題とは関係なく、昆虫捕りは私たち小学生の夏休みの日課になっていた。早朝、昆虫網を手に集まった。出てこない仲間の家に呼びに走った。

あの頃《ころ》、家々の庭には葉野菜、サツマイモ、ヘチマ、パパイア、バナナなどが植えられていた。始終、虫が這い、飛び回っていた。屋敷囲いにはガジュマルやユウナなどさまざまな木が植えられていた。いろいろな昆虫や大きい木登りトカゲがたくさんいた。

野や山に出かけなくても昆虫が採集できた。しかし、私たちは宿題のために昆虫を捕る気はなかった。昆虫を腐敗させない、おいしそうなピンク色の注射液と注射器のセットが文具店に置かれていたが、金は別の使い道があると私たちは考えた。

昼前、鳴かなくなった蝉《せみ》に興味を失い、トカゲを探し始めた。トカゲは作り物のように動かず、葉や幹と迷彩になっていた。「インチャン（見つけた）」と大声を出し、指差《ゆびさ》した者が捕る権利を得た。私はどの木のどの辺りにトカゲがいるか、いつのまにか覚えていた。

まぶしく、めまいのする真っ昼間も歩き続けた。日頃むやみやたらに私たちの足にかみつく大きい犬も木陰にダラッと寝そべり、私たちから目をそらせた。

昆虫を探している間に集落の外れの畑に来ていた。

指をクルクル回すと、トンボは目を回し、気絶すると半ば信じていた。しかし、つる野菜の竹などにとまっているトンボに何度か試したが、ことごとく失敗した。「高級」トンボのオニヤンマやギンヤンマを見つけた時はどこまでも追いかけた。

いつしか足は山に向かっていた。バンシルー（グァバ）、テンニンカの赤紫の実を探し始めた。冷たい湧《わ》き水を飲み、川に飛び込んだ。

集落に帰る頃、昆虫カゴには蝉、トンボ、カミキリムシ、トカゲ、カマキリなどが入っていた。閉じこめられた不安からか、喧嘩《けんか》もせず、じっとしていた。

学習雑誌に昆虫の飼い方が載っていた。入れ物は簡単に作れたし、餌は身近にふんだんにあったが、私たちは誰も飼わなかった。首や胴に糸をくりつけ、喧嘩をさせた。

カマキリの「鎌《かま》」に指を挟ませたり、トカゲに指を噛《か》ませたりするのが好きな上、飽きたら放し飼いの鶏に食べさせる先輩もいたが、私たち仲間は何時間か後に糸を切り、逃がした。

「昆虫がかわいそうだ」と私たちをなじる同級生がいた。病弱の彼は海にも行けないせいか、貝殻採集もあきらめ、家の近くのいろいろな草や花をていねいに抜き取り、乾燥させ、一つ一つ画用紙に貼った。

私たちは海では魚を釣り、泳ぎ回った。貝殻を拾うのは女子の「ママゴトだ」と考えた。しかし、隣のクラスの男子が拾い集めた貝殻に私は思わず目を見張った。綿を敷いたガラス箱に並べられた大小の貝殻は、色も模様も形も珍しかった。「全部（私たちが毎日のように遊んでいる）K海岸から拾った」と彼は言った。

夏休みも終わりに近づいた。私たち仲間は「貝殻採集を宿題にしよう」と決めた。食べた後の殻を標本にしようと話し合った。珊瑚の裂け目や砂の中に潜んでいる生きた貝を探した。一石二鳥だと互いに感心したが、焼いたために殻には黒い焦げ痕《あと》や、ヒビ割れができていた。他の貝は煮てみたが、表面の艶《つや》がすっかり失われた。

しぶしぶ暑い砂浜を歩き回り、貝殻を探した。あの頃、せいぜい二キロ四方しか歩き回っていないが、広い世界の中から毎日、何かを見つけたような気がする。


（沖縄タイムス　２００４年７月１８日）

山小屋

運動会が終わったせいか、妙に落ち着かない時間がただよっていた。数週間もバトンリレーの練習をした、集落のはずれの松林に囲まれた広場にも秋風が吹きぬけていた。夏に探検をしたムーチー（六つ穴）壕の周りの草は寒々と色あせ、中からうなり声に似た風の音が聞こえてきた。

私たちは山小屋を作った。特に使用目的はなかった。私はかまを持ち、藪《やぶ》の中に入り、木の枝を切った。「ハブは冬眠している」から安心し、どんどん薄暗い奥に分け入った。

太い木の枝を骨格にし、屋根や壁にサンニン（月桃）の葉や長い草をのせ、蔓《つる》を巻き付けた。ススキを土床に敷いた。草木の香りが小屋中に立ちこめた。壁に立てたサンニンから赤い実が顔を出し、新居に「華を添え」た。

完成した山小屋に仲間の一人がだれにも断らずに上級の六年生を「招待」した。若豚とあだ名のある彼は珍しく丸々と太っていた。私たちが十セントの小遣いしかもらえなかった当時、彼はいつもポケットに二、三ドルつっこんでいた。父親は米軍基地関係かなんかの土建業をやっていた。彼は学業もスポーツも芳しくなく、ヒーローとは無縁だったが、彼の周りにはいつも下級生が群がっていた。

山小屋のススキの床に彼は大きい紙袋から香ばしいたくさんのビスケットやクッキーを広げ、私たちに食べさせた。太った彼には中は狭すぎたのか、外に出ようと立ち上がった瞬間、バランスをくずし、壁の方に転がった。壁は半壊した。彼は照れ笑いを浮かべながら最年長の中学一年生に一ドル札を渡した。

先輩はすぐ受け取った。私たちは先輩を先頭に集落一大きい食堂に向った。

数日後、今度は別の仲間が貧弱な体つきの下級生を山小屋に連れてきた。彼は若豚と同じように、ふくらんだ油紙の袋を抱えていた。彼の母親や、一番上の兄は米兵相手の仕事をしていた。彼は毎日のように米兵から入手したビスケットや缶入りの塩味のきいたフライポテトを食べているらしかったが、ガリガリにやせていた。

次はだれがだれを連れてくるのか、私たちは期待しはじめた。何となく作った山小屋が、客を招待する「将校クラブ」にも思えた。

ある日、山小屋のすぐわきの雑木の枝にハブがナガボーイ（横たわって）していた。この枝に私たちは山小屋を作っている最中、上着をかけていたから一瞬だれかのバンド、と思った。秋の日を浴び、斑模様《まだら》がにぶく光っていた。騒動に驚いたハブは体をくねらした拍子に私たちの足元に落ちた。とっさにハブと同じ方向に逃げた。ハブも戸惑ったが、ようやく山小屋の後ろの薮に消えた。

なんやかんや言い合った末、若豚ややせた下級生が持ってきたビスケットのカスが床に落ち、ネズミを呼び、ハブを招き寄せたと結論づけた。

「前に来た時、小屋の中からヒュルヒュルというハブの鳴き声を聞いた」と仲間の一人が言った。音を出すのはガラガラ蛇だけだと私は思った。しかし、まさかハブが冬眠していなかったとは……躊躇《ちゅうちょ》なく入り込んだ薮やジメジメした暗い所に一、二メートルの模様のついた蔓が何本もぶら下がっていたが、ハブだったのでは……私はため息をついた。

久しぶりに山小屋に向かった。山小屋は茶色や白っぽい色に変色し、傾いていた。壁にはすき間が増え、冷たい風が吹き込んできた。ポーポーを食べていたら、見知らぬ中年の男が顔をのぞかせ、「枯れ葉や枝にマッチをつける者が出てきて、山火事になるから壊しなさい」と言った。私たちはうなずいたが、無視した。

吹けば飛ぶような山小屋はともかく、ムーチー壕も松林も広場も今のどこにあったのか、わからなくなっている。あのころ遊んだ仲間（亡くなった友や南米に移民した友もいるが）たちも首をかしげている。


（沖縄タイムス　2005年11月20日）

毒草

珊瑚礁の原の至る所に大小の礁湖がある。礁湖の縁にも内壁にも珊瑚が生えている。満潮時は一面水におおわれるが、干潮時は礁湖の周りが干上がる。

私たちは礁湖の縁に立ち、釣り糸を垂らした。小さいが、色とりどりの魚が頻繁に宙に舞う。竿を握った手に伝わる感触。どんな魚が青い水の中から出現するのか。私たちはずっと興奮した。

　ある日、親分格の中学生が新しく買った竿を持ってきた。小学生の私たちに見せびらかした。

　だが、彼の豪華な竿より私たちが山から切ってきた竹の竿に魚はよくかかった。

　突然中学生は何度も竿をしゃくった。彼は「食いついた魚が横穴に潜り込んだ」と言いながら礁湖の縁を動いた。糸が切れた瞬間、珊瑚が砕け、水に落ちた。

　私たちは懸命に竿や手や上着を伸ばした。ようやく中学生を引っ張りあげた。彼の竿は二つに折れていた。

　ひどく落胆した彼は「どんな魚が竿を折ったのか、明日、毒草を入れて、見つけてやる」と言った。魚がかかったのでなく、ネガカリしたんだと私は思った。

　翌日、私たちは山に入り、中学生が指し示した毒草を採り、袋に詰めた。誰かが「家で水を飲んで、少し休んでから海に行こう」と言ったが、中学生は「だめだ」と睨んだ。

　木々が生い茂った近道を通り、海に向かった。ようやく田圃の畔道に出た。中学生は少し濁っている田圃の水を飲んだ。私たちは我慢した。

幾つかの礁湖を横切り、中学生が竿を折られた礁湖に進んだ。

礁湖の周りは干上がり、毒草の効き目が薄まる心配はなかった。目を凝らしたが、魚の影は見えなかった。

毒草の葉や枝を叩き潰し、乳白色の液を出し、礁湖の水の中に突っ込み、何度も強く振った。

まもなく魚がプカプカ浮いてきた。滅多に釣れない口の小さい熱帯魚やタツノオトシゴも混じっていた。

矢のように素早く泳ぐ魚がこのように簡単に掬えるとは信じられなかった。時々、魚はピチッと跳ね上がり、手から水に落ちた。だが、すぐ浮いてきた。魚の感触を楽しんでから水に戻し、また別の魚を掬い上げた。縞模様の海蛇が力なく体をくねらせながら上がってきた。誰も手を出さなかった。中学生が意地を見せた。掴まれた海蛇は大きく口を開けた。彼は水に放り投げた。海蛇はダラッと紐のように浮かんだ。歯形は全くなかったが、中学生は咬まれたと思ったのか、指から毒を吸い出すしぐさを繰り返した。「こいつは針を飲み込んだヤツではない。海蛇は釣れないいんだ」と言った。

水の表層を漂っていた様々な魚はパッと目を覚ました。体をシャンとし、一瞬キョトンとしたが、あっという間に水に潜った。

表面にさざ波がたち、今までの出来事が夢のように思えた。帰りかけた時、四十センチほどの大きい魚がプカリと浮いてきた。「誰も手を出すな。こいつだ。引きが強かった」と中学生が言った。両手を突っ込み、魚を掴んだ。魚はほとんど暴れなかった。

口には針も糸も残っていなかった。中学生は「口の端に針がかかって、外れたんだ。コイツを食べよう」と言った。

この魚は大きすぎる。礁湖に住んでいる根魚ではなく、満潮時に沖からやってきたんだ。たまたま居残っていたんだと私は思った。魚はふいに跳ねた。中学生は小石を拾い、魚の脳天を殴り、気絶させ、浜の岩陰に歩いた。

火を起こし、魚を焼いた中学生は針が残っていないか、注意しながら食べた。

「おまえたちも食べろ」と言った。ほとんど骨と内臓しか残っていなかった。

ほどなく中学生は腹を押さえ、うずくまった。

私たちは定置網漁をしていた漁師に助けを求めた。

私たちは「田圃の水のせいだ、大柄だからすぐには症状が出なかったんだ」「毒草のせいだ」「一人で食べたからだ」と口々に言った。

（「ラメール」2006年11・12月）

シュガートレイン

今年の春、南大東島の旅を思い立った。船が接岸できないから、乗客を高いクレーンが吊るとか、飛行機はパイロット一人、客室乗務員一人の小型だから、乗客は体重別に均等に座らされるという噂は何度か聞いたが、半信半疑だった。

実際は体重の計量はなかったが、バランスをとるためか、左右三人がけの座席の真ん中を空け、通路側と窓側に「配分」された。

那覇空港から約一時間、およそ三百九十キロ東に浮かぶ南大東島に着いた。

旅館のフロントに荷物をあずけ、車を借りた。一、二カ月前に刈り取った砂糖黍《きび》畑が一面に広がっていた。

少年の頃、私の集落にも砂糖黍畑は多かった。ある冬、中学生の先輩に「砂糖黍を食べに行こう」と誘われた。二、三メートルの砂糖黍が密生した畑の真ん中に座り、目の前の砂糖黍をできるだけ音をたてずに切り倒し、最も甘みのある、根から三十センチほどをかじり、汁を吸った。残り（けっこう甘いのだが）には目もくれず、また太い砂糖黍の根元に鎌を振りおろした。先輩は「同級生が、砂糖黍と一緒にハブの首を切って驚いた」とか「農道の脇の砂糖黍をビクビクして切るから捕まるんだ。常に堂々としろ」などと話しながら盛んに食べた。

何日か後、トラックの荷台に山のように積まれた砂糖黍を引き抜いた先輩は、運転手に捕まり、「一本ぐらいケチケチしないでください？　何を言っている。一本でも引き抜くと束ねた縄がゆるんで、荷崩れするんだ」とこっぴどく叱られた。

南大東島ではハーベスターという機械がダイナミックに砂糖黍を刈り取るという。砂糖黍の刈り取りというのは寒い雨の中、連日腰を曲げたまま葉を落とし、切り、束ね、細い農道を運ぶ、非常に難儀な仕事だと思っていた私はためいきをついた。

人々が砂糖黍の豊作を祈る大東神社に寄った後、数台のハーベスターが置かれた倉庫に行った。運転席が見上げるほど高く、また形もおもしろかった。十二月から二月いっぱいまでのシーズンには十六台がフル稼働するという。開拓の祖・玉置半右衛門は砂糖黍を運ぶために鉄道を敷いたという。初めはトロッコ列車だったが、東洋製糖が南大東島を所有した時、蒸気機関車になり、後にディーゼル機関車に代わったという。

旅館の近くの食堂に入り、醤油をベースにしたサワラの漬けのにぎり寿司を食べた後、平たい島内を二周した。だが、東西南北どの方向にも海が見えなかった。島の周りが土手のようになり、本土の内陸部にいるような錯覚に陥った。

しかし、南大東島にどこか本土の雰囲気がただよう理由は内陸的な風景や、八丈島の人が最初に住み着いたからというより、やはり鉄道の存在（二十年ほど前に廃止になったようだが）ではないだろうか。

那覇市内を走る、戦後初の鉄軌道・モノレールが話題になるたびに、近所の老人たちは軌道の定まった昔の「軽便」を誉め、あちらこちらから飛び出してくる今の自動車をけなした。戦前、沖縄本島の松林や畑の脇をのどかに走っていた軽便鉄道の駅は、私の家の近くにもあったという。

軽便の線路や駅は戦後ことごとく失われたが、南大東島の機関車だけは戦後も本土復帰後も走り続けた。

刈り取った砂糖黍を製糖工場に運ぶ機関車は島中を巡り、一九〇〇年、八丈島の人たちが上陸した海岸に造った港（西港）に原料糖を降ろし、船の荷物を積み込み、（本土風の地名の）在所に向かったという。

桟橋に車を止め、降りた。大きな船が黒々としたうねりに木の葉のようにゆれていた。見続けていた私はめまいがした。

空港に迎えに来た旅館の男性の「台風の時はドーンドーンと島が割れるような音がする。波は何メートルも上がり、コンクリートの海岸道路や桟橋が決壊した」という話を思い出した。

沖縄の港にはほとんど珊瑚礁の割れ目から船が入ってくる。珊瑚礁が高波を砕き、港湾は凪のようにさえなる。しかし、珊瑚礁のない、断崖絶壁の南大東島は船が桟橋に接岸できないから人や荷物を乗せたモッコをクレーンが釣り上げる。

砂糖黍畑の間を音を響かせ、力強く走る機関車は、沖縄本島の軽便とはまた違った風景を醸し出していただろうと考えながら所々に残っている線路を探した。アスファルト道路の脇に見つけた線路は健気に陽に鈍く光っていた。

周りに数本のダイトウビロウ（無人島の頃の南大東島は高さ二十メートルのビロウにおおわれていたという）が生えた、石造りの旧機関車車庫に寄り、空港に向かった。道にたむろし、飛び立ちもしない鳥（たくさんの種類の渡り鳥が羽根を休めたり、水浴びをする）や、道の真ん中に寝ている犬に気をつけながら運転した。

帰りの飛行機を待っている間、商工会の人に「ラム酒を作り、ラベルにシュガートレインの絵を描いたらどうですか」と言った。彼は「ラム酒の商品名はシュガートレインとしたいですね」と笑った。

ラム酒とシュガートレインから私は沖縄や本土を通り越し、中南米の国を連想した。

（日本経済新聞　２００３年１１月２３日）

第四章

自然II

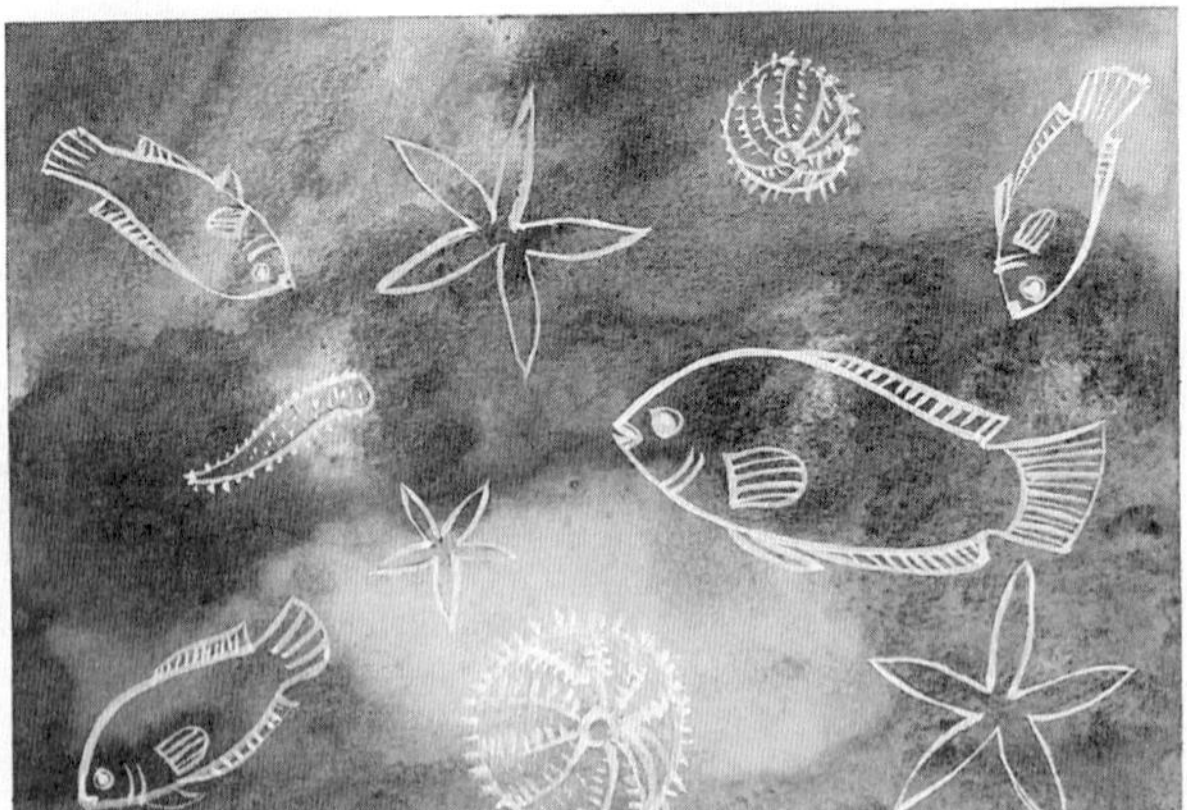

離島

釣り人の少ないポイントが性にあっている私はある日、小さい舟に乗り、離島に渡った。（小さな離島にはレンタカーはもちろんレンタル自転車もないから）大きな氷の入ったクーラーボックスや漁具箱や弁当や水や竿（大きな魚に折られた時のため三本）などを持ち、舟着き場から遠い岩場に向かった。夏の真昼、汗は流れおち、肩にクーラーボックスの硬いバンドがくいこみ、めまいがした。ただ、大きな魚が釣れる予感が私の足を前にすすめた。

私は少年の頃を思い出した。夏休みの真昼、毎日のように家から二キロばかり離れた海に釣りに出かけた。あの頃は平気だった。小さい竹の先にナイロン糸を結び、糸に重りと浮きと針をつけたものだけしか持たなかった。餌《えさ》のアマン（やどかり）はアダンの木の下にもぐり、手に入れた。水は途中の民家の井戸から飲んだ。腹がへると足元の貝やうにを食べた。釣った大きな魚は拾った針金にえらから口に通し、持ち帰った。

真っ昼間の離島には人影はなかった。私は尻が熱くなる岩に座り、釣り糸をたれた。

どこにも影はできず、腕はヒリヒリと痛みだし、麦藁《むぎわら》帽子をかぶっていても頭はクラクラした。難儀したわりには私のクーラーボックスには（本来リリースすべき）小さい魚が数尾しか入っていなかった。離島のおばさんたちは帰りの舟を待っている私のクーラーボックスを遠慮なく開け、「釣れてないね」と当然のように言った。私は「（島の）どのあたりが釣れますかね？」と聞いてみた。すると、「島ならどこででも釣れるよ。魚が寄ってくるよ」とうまいぐあいにはぐらかされた。「でも、島の魚は頭がいいんだよ」と別のおばさんが言い、二人は顔を見合わせ、高笑いをした。

沖縄本島に向かう舟には魚を売りに行く老女も乗っていた。彼女は自分のクーラーボックスを開け、「おみやげにどうね？　にいさん」と勧めた。中には大きな青ブダイやミーバイなどがつまっていた。私は目をみはったが、釣れなかったから魚を買うというのは嫌だった。小さく首を横にふり、「見事な魚ですね」と一言誉めた。行商の老女は頭にクーラーボックスをのせ、舟が接岸するや否や真っ先に桟橋に飛び移り、足早に集落の方に去った。

離島には近年盛んに橋が架けられている。本島の中部のある集落とH島は数キロ離れているが、干潮の時には水深が浅くなるから長い間「海上トラック」と呼ばれたトラックが人や荷物を渡していた。満潮の時には舟が出た。今は「海上トラック」や舟は消え、本島からH島へは海中道路ができている。H島と隣のM島の間は埋めたてられ、M島と隣のI島には橋が架けられ、この三つの島と本島は陸続きになった。今年の初めにはH島から南側にある小さい島へ橋が架けられた。

この小さい、静かな島は私の好きな釣りのポイントだった。だが、橋が架かったとたん、海岸のいたる所に車が停まり、大勢の釣り人が竿を出し始めた。

無人島には橋を架けたりはしないだろうと、私の関心はいつしか無人島に向いた。だが、渡るためには貸し切りの舟の予約をしなければならないし、しかもチャーター料金が高いから、何人かと同行しなければならなくなる。最近は無人島にもビーチができたりしている。夏のシーズンには定期的に渡し船が観光客などを送迎している。また、無人島は珊瑚や熱帯魚も多く、スキューバダイビングのポイントにもなっている。私は一度、無人島だから誰もいないだろうと思い、岩場から思い切り竿をふった。すると、大きな鉛の重りが落ちたあたりの水面から水中メガネをかけた人の顔が現われ、ひどく驚いた。比較的釣れるポイントだったが、私は早々と引き上げた。

（毎日新聞　1997年10月21日）

釣りと創作

先日、羽地内海にボートを浮かべ、「巨魚」と格闘した。突然、竿先がたまり、懸命にリールを巻くと、確かな引きの手応えがあり、まもなく動かなくなり、リールが巻けなくなった。力まかせに巻くと、2号のハリスが切れる恐れがあり、私はドラッグを緩め、リールを巻き続けた。数十センチのチン（黒鯛）が針を飲み込んだまま穴にもぐりこんだ、はずなのだが、一緒にボートに乗っていた女房は、私が汗をにじませ、首筋に青い血管を浮び出させているのに、「根がかり」だと確信し、弁当を食べだした。竿の先は思いだしたようにググッと直角に曲がる。魚拓や記念撮影などが心中に去来した。すぐ押し込めるようにクーラーボックスの蓋をあけ、激しく跳ねあがるはずの魚に覆いかぶせようとジャンパーを引き寄せた。「大きい魚をにがした」という話は無数にあるから、私はどうしても証拠をしめしたかった。証拠をしめさなければ、誰も信じないと思った。だが、半時間後、糸が切れた。

突然、手応えを感じた瞬間と、何かが出現すると感じる数秒間の感情は日常の中ではめったにない。釣れても釣れなくても妙に悔いが残らない。次々と意欲が生じる。

何が出現するのかわからないのは釣りと同じなのだが、なぜ創作行為は億却なのだろう。同じ魚が二度と釣れないように創作者の感性は時間にファイルされ、二度と同じものは生まれないのだから、億却なら億却なりに書くものもあるはずだが、創作の場合は魚のように瞬間にすべてが出現するのではなく、稚拙な手の内を見ながら、書き込んだり、塗り潰したりしなければならない過程を内包しているから、作者は造りあげた過程の手の内を忘れた頃にしか、自分の作品に愛着を感じないのではないだろうか。釣りにはこのような心理の飽和というものがない。ヘミングウェイは小説創作の何ともやるせない部分を補填するために釣りに熱中したのかもしれない、とふと思う。

釣りも創作も、恋愛や社会生活とは違い、絶対に相手から拒絶されないし、日常の煩わしさを昇華できる。しかし、釣りには（あるいは創作にも）現実と遊離し、際限のない空洞を人生にあけてしまう危険もある。

「チンなんかと格闘してどうするんだ。格闘する相手は羽地まで行かなくとも、目の前にいるだろう」と友人は助言してくれるし、当日はチンが死んでも死にきれないという目で私を見ていた。午後六時前に釣りあげた手のひら大のチンを午後八時過ぎに、塩焼きにしようとアイスボックスをあけたら、水が一滴も入っていなかったのに、口を弱々しくパクパク開いていた。目も黒かった。女房は哀れみ、気味悪がり、逃げた。私は複雑な感情のまま内臓をさばいた。目は白い膜がかかったが、思い出したようにまた口を動かした。ようやく動かなくなった。酢をかけ、塩をまぶした時も口が微かに動いたような気がし、私は内心合掌をしたのだが、人間というものは自分を忘我にしてくれるものを案外獲得しているんだなぁ、と他人事のように感じたにすぎない。

だが、私は新聞などによく掲載される釣り情報（例えば、ぶらさげた大魚の傍らに立つ釣り人の写真）を見ると違和感が生じる。私は私だけが釣り人だという錯覚に陥りたい。人知れずひそかに釣りたい。

（「島空間から」VOL.4　1988年3月）

処女航海

生真面目な公務員の友人が「エンジン付きボートの免許を取る」と言っていたが、忘れかけた頃に彼から電話がかかってきた。「ボートを買ったから、一緒に釣りに行こう。数十センチの魚も入れぐいだ」と言う。しかし、当日、彼は「実際に海にボートを出すのははじめて」という。私は嫌な予感がした。沖合六キロばかりのポイントに着いた。彼はエンジンを切り、私たちは釣りのしかけを作り始めた。ボートは左右前後にゆれた。しかけがなんとかできあがり、水中に沈めかけた。

ところがボートは遠くに流されていた。アンカーを下ろすのを忘れていた彼は「二百メートルばかり沖に流されている。元のポイントに戻そう」と言った。だが、エンジンはかからなかった。彼は「すぐかかるはずだが」などと言いながら、顔を赤らめ、必死になった。小さいボートのすぐ下には青黒い水が重たげにうねっていた。私たちは次第に無口になった。ボートはどんどん沖に流されていった。出てきた漁港がはるか遠くに見えた。一時間あまりたった。「少し休んだら？」と私も不安になっていたが、言った。彼は手を休め、大きな溜め息をついた。

また、すぐ彼はエンジンをかけはじめた。すると、爆音が響いた。ボートは動いた。私たちは一度も竿を出さないまま漁港に戻った。私たちはボートを降り、漁港の近くの岩場から釣りをした。しかけが沖釣り用のせいか、一尾も釣れなかった。

（しんぶん赤旗　1998年6月3日）

釣りをする老人

桟橋に痩《や》せた八十歳ほどの老人が座っていたが、中年の船頭がチャーター船のエンジンをかけると、何気ないふうに乗り込んだ。この老人は誰とも何も話さなかった。少しぼけているのだろうか、息子の船頭が連れてきたのだろうかと私は思った。

小さい船は防波堤を出たとたんに大揺れに揺れた。一時間後、船頭は船のエンジンを切り、魚の群れを探した。やっと着いたと私たちは安堵《あんど》した。だが、船頭はエンジンをかけ、船を進めた。このように停めたり、進めたりを何回かくりかえし、ようやく船は錨を下ろした。すると、船は走っていた時より大きく揺れた。仲間の二人が酔った。私はミチイトをからませてしまい、はずそうと四苦八苦しているうちに酔ってしまった。

「遠くの水平線を見ろ」と船頭は言いながらコマセカゴにたっぷりとオキアミを詰めた。船頭は水面にもオキアミを何度も投げた。オキアミの強烈な臭いは魚も寄せ集めるが、私たちの鼻もやられ、とうとう一人だけ我慢していた仲間も吐いてしまった。

　魚の群れが集まってきた。私たちはほとんど横になり、目を閉じたり、開けたりしていた。老人は一人、隅の舷側《げんそく》に猿のように座り、黙ったまま釣り上げていた。私は「すごい老人だ」とぼんやり思った。使い慣れた古い竿を握り、感動も何もないかのように飄々《ひょうひょう》と釣り上げていた。

　船を降りた時、老人は大きなクーラーボックスいっぱいの魚を、やはり何も言わず、無造作に私たち一人一人のクーラーボックスに全部移した。

（しんぶん赤旗　１９９８年６月２４日）

消えた珊瑚礁

　珊瑚礁《さんごしょう》が外海の荒波を砕くから、曲がりくねった沖縄の海岸線や入江《いりえ》の砂浜には、静かな海水が寄せてきた。しかし珊瑚礁が埋め立てられた今は、外海の強大な高潮がもろにぶちあたるのを防ぐために、防波堤やテトラポッドが造られている。

海と陸を遮断する垣根ができたために、蟹《かに》やウニを獲《と》り、貝を拾っていたお年寄りたちは、わずかに残った浜にも下りるに下りられず、ただ防波堤や金属のてすりにもたれかかって、時をすごしている。

以前は集落と海浜の間に、はっきりした境はなかった。縁側に座ったままギキチャー（ゲッキツ）の生け垣の間から白い砂浜や鮮やかな海が見えたし、細かい砂がうっすらと表面をおおっている庭にはヤドカリがはい回っていた。

人々の内面も海とつながっていた。

昔は村長や議員選挙の時、立候補の届け出を満潮に合わせるため、候補者と支持者は共に海を見つめたという。また、何か心配事があると海のかなたに手を合わせるお年寄りの中には、珊瑚礁の埋め立て地にできた建造物が邪魔をしている、祈りが通らないと嘆く人もいる。

毎日、海が広くなったり陸が広くなったりする珊瑚礁の原は、人の潜在意識に何かをもたらしているのではないだろうか。見渡すかぎり陸に変わった時に「豊穣《ほうじょう》なもの」を人々の前に現出させ、与えた後、海が一切をおおい隠す。

海のかなたから幸がやってくるというニライカナイの思想は、実はこの珊瑚礁の原が形づくったのではないかと、最近とみに考える。

（朝日新聞夕刊　２００２年２月１２日）

ケミボタル

教育委員会に勤めていた私は「釣り講座」を担当した。講座の最終回は実習だった。夕方、神の島K島に渡り、港の長い防波堤に並び、竿を出した。私たちの他にも釣り人が何人かいた。講師の奥さんが「根ガカリするから一旦投げ入れたら、巻かずにアタリを待つように」「夜の魚は引きが強く、あっというまに竿を持っていくから、しっかり握っておくように。置き竿にするならしっかり固定し、紐で係留杭に結びつけておくように」としきりに注意した。

実習の二日前に緊急入院した講師は奥さんを派遣した。私はスケジュールの変更を打診したが、奥さんは、夫から釣りの極意を伝授されていると首を横に振った。

奥さんは夫の責任を全うするかのように受講生の間をテキパキと動き回り、餌の付け方や仕掛けの作り方を教えた。受講生は奥さんの奮闘にもかかわらず、根ガカリさせたりオマツリさせせたりした。

暗くなり、竿の先端にケミボタルを取り付けた。長い間、誰の竿にもアタリがなかった。眠気に襲われ、防波堤に横たわる者も出てきた。奥さんは何とか一尾でも釣らせようとしきりに受講生たちを激励した。まもなく奥さんは、自分が大きい魚を釣って見せなければと思ったのか真剣に竿を振り、受講生たちを見向かなくなった。ピンクやグリーンのケミボタルが生物のように宙を動き回ったり、静かに揺れたり、じっとしたりした。私は見惚れた。

急に受講生たちがざわめいた。大物が釣れたんだと私は立ち上がった。ウトウトしていた人も目を覚ましている。いつのまにか受講生のAがいなくなっていた。防波堤に寝かされたAの竿から道糸が海の中に延びていた。不用心だ、魚に引きずり込まれてしまうと思った。「寝返りをうった拍子に海に落ちたんじゃないかな」と寝ていた受講生が言った。

私たちは懐中電灯を点け、テトラポットの隙間や海面を照らした。Aの知人のBが「普段から忍耐強い彼が大好きな釣りを放棄するはずがない」と私に言った。確かに

Aは講座に毎回出席し、熱心に受講していた。

半時間ほど過ぎたが、Aは現れなかった。不安が募ってきた。私たちとは別の釣り人が近づいてきた。「彼は民俗の研究のために散策してくると言って、暗い一本道を歩いていった」という。散策？　こんな夜中に？　「仲間はたくさんいるのに、なぜ知らないあなたに？」と私は聞いた。暗くて、顔がわからないから人違いしたんでしょうと彼は言った。

Bが、Aは民俗とは全く無縁だ。釣りにしか興味はないと言った。私たちは一安心したが、講師の奥さんだけはまだ心配していた。受講生は釣りを再開した。講師の奥さんは立ち尽くしていた。Aは大人だから心配ないと私は奥さんに言ったが、結局探しに出た。

藪に狭まれた一本道は暗かった。寄り集まった木々は様々な動物に似ていた。K島に山はないが所々にクバが密生している。ひときわ高いクバの木に琉球開闢の神が降りてきたと伝えられている。

十二年に一度の祭りの時、K島の選ばれた女たちはクバ林に籠もり神女になるという。クバの葉音が白装束の女たちのざわめきに聞こえた。Aは立入禁止のクバ林に迷い込んだのではないだろうかと思った。

近づいてくる人の目鼻立ちははっきりしなかったが、輪郭からAだとわかった。釣れないからぼんやりケミボタルを見ていたら、いつのまにか一本道に足が向いていたという。防波堤に戻った。受講生たちは釣れだした魚に夢中になっていた。私は講師の奥さんに「やはり散策していました」と言った。ケミボタルが大きく弧を描くたびに歓声が上がった。Aも竿を出した。

翌朝、帰りの舟に乗った。講師の奥さんは「盛んに釣れていた時は夫も子供もAさんも何も頭の中になかった」と私に笑った。しだいに心地よい眠りが襲ってきた。

（「ラメール」2006年7・8月）

名護湾

沖縄本島北部の名護の七曲がりを世界遺産に申請していたら、すんなり登録されたのではないだろうかと私は今だに考えている。許田《きょだ》から名護市街の手前にかけ、五十一にも曲がりくねった海岸沿いの道が名護の七曲がりと呼ばれていた。

本土復帰前、私は浦添から路線バスに乗り、名護に出かけた。細く、曲がりくねった道をバスにゆられた。海岸から突き出ている岩にはセメント造りの広告塔が立っていたが、ほとんどガードレールはなく、バスの窓から顔を出すと、崖っ縁の下はかなり深く、私はヒャッとした。カーブを曲がるたびに景色が変わった。白い砂浜だったり、アダンなどの海浜植物が茂っていたり、透明な水面から出ている岩に松が生えていたりした。

スピードが出せないから、落ちはしないだろうと私は高を括っていたが、ある日、バスの窓から小型トラックが道路脇の数メートル下の砂浜に落ちているのを目撃した。四輪が空を向き、完全に引っ繰り返っていた。私の前に座っていた初老の夫婦はずっとおとなしかったが、事故現場を見た直後、「車がカーブを曲がり切れずに、時々海岸に落ちる」「特に夜は外灯もなくて、対向車のライトも少ないので、落ちる車が多い」「もっとゆっくり走れば落ちないのに」などと話し始めた。

私は終点の名護バスターミナルに着くと、決まったように構内の売店に入り、沖縄そば（名護そば）を食べた。木陰を探し、少し寝そべった後、帰りのバスに乗り、海岸線がよく見える右側（当時は車は右側通行だった）のシートに座った。

今、海岸線が国定公園に指定されたからか、広告塔は撤去されたが、広告塔が立っていた見事な岩も消えている。小さい砂浜も海浜植物も珊瑚も埋められ、平たく広い直線道路に変わっている。浅瀬の海岸を埋めたために道の脇には波がひどくぶちあたる。波を弱めるために何百メートルもテトラポッドを並べている。車は昔のように滅多に海に落ちたりはしなくなったが、中央分離帯や、海側のガードレールに激突する、スピードが原因の事故が多発している。

米軍基地の移設予定地になっている辺野古の海岸には保護動物のジュゴンが海藻を食べに来る。名護湾はどうだろう? ヒートゥ（ゴンドウクジラ）も反対運動の大きな切札になるだろうか。

スピーカーから「ヒートゥドゥーイ（ヒートゥが来たぞぅ）」という放送が流れたとたん、台所にいた主婦は包丁やバーキ（竹籠）を、野良仕事をしていた老人は鍬や鎌を握り、駆けつけるという。役場はきゅうきょ「開店休業」になり、侃々諤々《かんかんがくがく》していた議員たちも議場を飛び出してくるという。

ヒートゥ狩りは実に凄まじかった。私は高校生の時、友人とキャンプに行く途中、偶然ヒートゥ狩りに出くわした。サバニ（小舟）がヒートゥを湾の外に逃げられないように幾重にも包囲し、浜に追い込み、必死に浅瀬を逃げ惑う数十頭、数百頭のヒートゥを、人々は殺戮した。老若男女が血相を変え、わめきながら銛や銛をふるった。大量の血が海面に浮き、流れ、また新しい血がどんどん吹き出てきた。脂が海面を奇妙な色に変えた。

私は呆然としていたが、子供たちも犬もわけもなく走り回った。今、狩っているものがおとなしいヒートゥではなく、鮫の群れなら、どんなに勇猛果敢な人々だろうと私は思った。しかし、獲物を狩るという命懸けの行為を目のあたりにし、私は奇妙な感動を覚えた。

少しでも狩りに参加した者にはヒートゥの肉の固まりが分け与えられた。私たちもキャンプの夕食に肉を焼きたいと思った。だが、見ているだけだったから（ズボンを水に濡らせば、肉がもらえたのだが）黙っていた。あちらでもこちらでもてきぱきと何やら興奮した声を張り上げ、肉を分配している人たちをただ、見ていた。

肉を持ち、踊りだす女たちもいた。別の女たちは肉をうやうやしく高く掲げ、頭を下げ、神に海の幸を感謝した。

春にヒートゥが来たら、夏や秋口には強い台風は来ないと信じている老人たちがいるし、漁をしている老人たちはヒートゥが来るのは豊漁の前兆だと言っている。

翌日から名護周辺の集落には「ヒートゥ買わんかね」という行商の声が響き渡った。「人買わんかね」とか「人買おうかね」と聞こえ、家に逃げ込み、鍵をかける子供たちもいたという。

長く春の風物詩だったヒートゥ狩りはいつの頃から激減したのだろうか。専門的な話は知らないが、人々の間には「海に沿って曲がりくねった道を（本土にだいぶ遅れている経済の起爆剤の）海洋博の関連事業で拡張して、直線にしたのが原因」「海岸を埋めたためにヒートゥの餌が全滅した」という噂が今だに消えずに流れている。

（「青春と読書」２０００年７月）

第五章

戦争

艦砲穴

　復帰後、鉄筋コンクリートの建物が急増し、台風対策の釘《くぎ》を打つ音がめったに聞こえなくなった。私の家のアルミサッシの窓も風速八十メートルに耐える設計になっていた。

　ところが、長年、灼熱《しゃくねつ》の陽にさらされた二階の廊下の明かりとりのプラスチックが、先の台風に壊されてしまった。

　ビニールシートの上に毛布を敷き、バケツや洗面器を置いた。テレビを見たら、〇時〇分最大瞬間風速〇メートルを記録したという。ちょうど風雨が打ち込んできた時間と一致する。あの時、やられたんだと思った。

　隣に建っている茶室のひさしから屋根に上がろうと脚立をかけた。次の瞬間、吹き飛ばされかけた。

　昔、大人たちに言われた「台風の時に、外に出たら飛んでくるトタンに首を切られる」という言葉が思い浮かんだ。

　テレビもなく、台風情報も耳に入らなかったあの頃《ころ》、崖《がけ》が遊び場だった私たち小学生がいち早く台風の接近を感じた。「かじ（風）バーバーすっさーや（するな）」というのが私たちの挨拶《あいさつ》だった。

同級生たちと崖の縁に立ち、正面から吹き上げる強い風にあたり、いかに長い時間ひっくり返らないか、勝負をした。遠くから風に吹き飛ばされてきた雨粒が顔にはじけた。

十数メートル後ろに一人の下級生が私たちと同じように両手を広げ、足を踏ん張っていた。

雨が本降りになった。「台風が来た」と私たちは引きあげた。雨戸を打ち付ける音が方々から聞こえた。屋根に人が上がり、ワイヤやロープをかけていた。

電柱が斜めになり、電線は切れていた。「触ったら感電して真っ黒になって、死ぬ」と言われていたから、慎重に歩いた。二、三日前と一変した風景を目のあたりにし、血が躍った。

授業は男子も女子も先生もおちつかなかった。「家の戸が壊れ、公民館に逃げ込んだが、そこも戸が吹き飛ばされていたから、学校の階段の下に避難した」とか「浸水して、卓袱台《ちゃぶだい》も教科書も水に浮かんだ」とか「土台だけが残り家がすっぽりなくなっていた。主が探したら、一キロ離れた田圃《たんぼ》に立っていた」などの話に熱中した。びしょぬれになった飼い犬を台風の真っただ中、家の中に入れたうんぬんには関心はなかった。

放課後、カバンを持ったまま、つぶれた家を見に駈けた。さすがに同級生のつぶれた家は遠慮した。

台風の後、あの崖にいた下級生が溺《おぼ》れ死んだ。

彼はよく、競技会のために練習をしている私たちを見ていた。夕暮れ時の運動場を何周かしながら、一人たたずんでいる彼を見たが、一度も話さなかった。

戦後十年あまりたっていたが、戦艦から飛んできた砲弾が炸裂した所に大小の穴が開いていた。深い穴にたまった水に私たちは板を浮かべ、よく遊んだ。

乗る時、うまくタイミングをとらなければならなかった。乗っかった板はバランスが悪く、二十センチほど水に沈んだ。落ちると足が立たないが、泳げたから気にならなかった。ここにもあの下級生は時々顔を見せた。

板から落ちた下級生はもがきながらようやく縁に手をかけたが、台風の後の土はやわらかく、穴に吸い込まれたんだと想像し、唇をかんだ。水が満杯になった穴を見に来た彼は近づきすぎたためにすべり落ちたのだろうか。私たちの仲間に入れてもらうために台風の後、一人板を浮かべ、乗る練習をしたのだろうか。

畑の作物の水やりにも洗濯にも使っていなかったあのような「艦砲穴」を戦後十何年もなぜ埋めなかったのか、今も不思議に思っている。

（沖縄タイムス　2004年11月21日）

消えたギンネム

ギンネム林には食べられる木の実や小鳥の巣もなく、昆虫やマングースもいなかった。鞘《さや》付き刀もY字ゴムカン（パチンコ）も山小屋も作れず、木登りもできなかった。

小学六年生の時、ギンネム林に迷いこみ、意地悪をするように密集した幹や枝に絡み付かれてしまった。懸命に掻《か》き分けたが、なかなか脱出できなかった。

山に遊びに行く途中、灼熱《しゃくねつ》の太陽に頭を直射され、喉《のど》が渇き、疲れ切っているのに、たびたびギンネム林に行く手を阻まれ、迂回《うかい》を余儀なくされた。

岩盤が露呈し、岩の断面が崩れ、小石が無数に転がった谷や丘陵、岩陰、崖《がけ》上など激戦地にギンネムは密生していた。

ある日、ギンネム林から出てくる怪しい男を目撃した。背負ったモッコには鉄兜《かぶと》や銃剣、大きな薬莢《やっきょう》が入っていた。

別の日、太陽に焙られたギンネム林の中の爆弾が爆発する大音響を聞いた。

ギンネムは私に（戦時中はギンネムはめったになかったはずだから正確には「終戦後」と言うべきだろうが）戦争のイメージを喚起させる。

破壊の跡をカムフラージュするために終戦直後、米軍が飛行機から大量のギンネムの種をまいたと私たちは信じていた。

嘘《うそ》か真か、と迷う中から空想や想像は生まれるのだろうか。十数年後、私は真相を確かめずに『ギンネム屋敷』という小説を書いた。

ギンネムに囲まれた屋敷は実在した。見た者は誰もいなかったが、住人は外国人だという噂《うわさ》が流れた。

外国人には狂暴な番犬をけしかけ、すぐピストルをぶっぱなす習性がある。探検好きの私たちもこの屋敷には近づかなかった。

人を寄せつけない屋敷のせいか、まだ「戦時中」のような奇妙な気配が漂っていた。

また、戦争は終わったが、戦争後遺症を抱えた人が密《ひそ》かに暮らしているようにも思えた。

小説では、ギンネム林の下には多くの戦死者が横たわっているというイメージから、屋敷の床下に朝鮮人の恋人の遺体が埋まっていると設定した。

少年の頃のギンネムのイメージや、この不気味な屋敷のイメージに感化されたのか、すばる文学賞受賞の挨拶《あいさつ》の中に「ギンネムは役に立たない」という一文を入れた。

まもなく農林水産省（当時）からギンネムのいろいろな効用や用途を写真、図、表と共に、詳しく記述された分厚い資料が送られてきた。

翌日、以前、砲弾《ほうだん》やパラシュートなどを生活物資に変えたと話していた年配の人たちに聞いたら、ギンネムは薪や肥やしにしたという。

あの屋敷と周りのギンネムはいつのまにか消えた。『ギンネム屋敷』を書いた後は、私の中の謎や懸念がすっかり完結したのか、屋敷が気にならなくなり、足を運ばなくなっていた。

今、戦争体験者と同じようにギンネム林も少なくなってしまった。

無常な時間や人々の生活が知らず知らずのうちに「戦争」を消していくのだろうか。

人々はギンネム林を切り開き、密集した建造物や広い墓地を造っている。

ギンネム林が消えるのは松林や雑木林が消えるのとは異なり、惜しいとは思わないが、私の原風景にくっきりと存在しているからか、一抹の淋《さみ》しさを覚える。

「ギンネム林は戦争を包含している」「人々はギンネムを（六十数年前の米軍のように）植林しようとはしないだろう」「ギンネム林を戦跡に指定する運動を口にしたら一笑に付されるだろう」

このような奇妙な感慨は小説に仕立てる以外、発言はできないように思う。


（沖縄タイムス　２０１０年５月１６日）

看護婦

先日、過労と（夏は始まったばかりだが）夏バテが重なり、近くの病院に入った。若い看護師たちは嬉々《きき》とし、患者に冗談を飛ばし、活発に動き回り、（医者と共に）病気の治療に懸命になっていた。

看護師たちの行状は患者に人の体はヤワじゃない、驚くほど丈夫だと気づかせている。

夜、月が大きく見えた。この病院は高台にある。

昔、高台から東の方に背骨のような一本の尾根が延びていたという。背骨には沖縄戦の激戦地、嘉数高地や前田高地がある。

看護師たちと同世代の、一つの病気もない体を鍛えに鍛えた若者たちがあっという間に命を失った。

今の人たちは健康になるために体を鍛えているのだが…非常にもったいないと病人の誰もが思うのではないだろうか。

数十年前の若い女性が思い浮かんだ。

女性は片目に眼帯をし、一本の足がスカートから出ていた。

松葉杖《づえ》を両脇にはさみ、暑い最中もよく外出していた。

失った足を隠すためかスカート丈は長かった。目の周りも怪我《けが》をしていたのか眼帯は大きかった。他の女性のように日傘をさせる手が（使え）ないから、しゃれた麦藁《むぎわら》帽子を深くかぶっていた。麦藁帽子から目鼻立ちの良い顔が覗《のぞ》いていた。

女性がどこかに出かけるのか、私たちは誰も知らなかったが、「ハーニーだ」「米兵に食べ物を恵んでもらっている」と断定した。

私たちは正体がわからないこの女性に限らず、目の前を通る余所者《よそ》の若い女性は一人残らず「ハーニーだ」と後ろ指をさした。

当時、不発弾事故や殺傷事件が多発したが、女性の白い上着、スカート、松葉杖が傷痍《しょうい》軍人を連想させ、私たちは彼女は戦争被災者だと確信した。

私は女性の家がどこなのか、仕事をしているのか、家族はいるのか、知りたかった。しかし、戦傷者を興味本位に詮索《せんさく》するのは、タブーだと思った。

仲間も興味を抱いていたが、誰も女性の素性を探ろうとはしなかった。

私たちはいつも道いっぱいに広がり、犬や猫を蹴《け》散らすように歩いた。女性も心持ち胸を張るように（松葉杖のせいなのか）まっすぐ進んだ。私たちは道をあけた。

女性には妙な威厳がただよっていた。面白半分に姿を見ようものなら睨《にら》まれた。片目に鋭い光がやどっていた。

ある日、中学生の先輩が「あの女が堂々としているのはお国のために尽くしたからだ」と言った。

私には女性を偉いとも愚かだとも思えなかった。目や足を失った人の心は想像できなかった。

数日後、先輩がまた私たちの前に現れ、「あの女は従軍看護婦だった」と言った。あの頃《ころ》、『ひめゆりの塔』の若い看護婦たちが私たちを魅了していた。先輩は映画に影響を受けたにすぎない、事実はちがうと私は思った。傷病兵の看護をする若い女が（死んだりもしたが）戦傷者になるとはなぜか信じられなかった。

一度、夕暮時に女性の寂しげな…何とも言えない後ろ姿を見た。大きな通りだが、女性と私の他には誰もいなかった。

私はふと、彼女は足と目だけではなく、脳や内臓もきっと傷ついている、長生きできないにちがいないと思った。

衝動的に走りだし、女性に追いついた。勇気を振り絞り、「目と足、たいへん？」と聞いた。

女性は「たいへんじゃないわ。受け入れたら何ともないのよ」と妙に優しく言った。砲弾跡の池や防空壕などの遊び場が無くなりかけた頃、女性は私たちの前から姿を消した。

（沖縄タイムス　２０１０年7月１８日）

幽霊

私たち小学生は最前列に座った。館内が真っ暗になり、後ろから「生きてはいない人々」が追ってくる気配が漂った。

首をすくめるようにスクリーンを見た。男に毒を飲まされた若い女の幽霊の黒髪が顔半分（美しい方）をおおっていたが、片側は崩れていた。有名な女優が演じると怖さがいくぶん薄らぐが、この若い幽霊役を私は知らず、実写のように錯覚した。

「うらめしやー」と声を出すと思っていたが、幽霊は呪いも恨みも悲しみもただ片目に込め、自分を殺した武士を見た。

映画の幽霊は声を発しなかったが、兵隊の幽霊話が得意な同級生のAは言葉に強弱をつけ、擬声語を入れ、目を大きく見開き、私たちを怖がらせた（Aの口を借りた兵隊の幽霊の無念の声には胸を締め付けられた）。

腰から下のない何百人もの兵隊が軍靴の音を響かせ、遠ざかっていく話や、首のない、直立不動の兵隊が女や子供に最敬礼したという話は何日も忘れられなかった。

Aは怖がりもせず、よくこんなにたくさんの兵隊の幽霊の話をするものだと私はつくづく感心した。

ある日、何かの拍子にAはゆーりーうとぅるー（幽霊怖がり）だとわかった。江戸時代の幽霊におびえ、昼間なのに、映画館の看板やポスターを直視できなかった。一人では防空壕跡や墓地近くの夜道も歩けず、私たちの何倍も幽霊を怖がった。私はどうなっているのか、わけがわからなかった。

もしするとAは自分が自慢げに話す兵隊の幽霊も実は怖いのではないだろうか。Aの話に生々しい怖さがあるのは、Aは幼少のころ、ほんとうに幽霊を見たからではないだろうか。だが、このような体験があるなら、幽霊話から遠ざかろうとするはずだが…。

突然、老婆がまだ息のある若い女を穴に埋める（タイトルは忘れたが）「猫」の一文字の入った幽霊映画を思い出し、母親の体験を連想した。

戦時中、伯母と一緒に沖縄本島南部を爆発音に耳をふさぎながら逃げ回った母親は丘の陰に身を隠した瞬間、生き埋めになった。母親は必死に土をかきわけ、顔をだした。何かをつかもうと動いていた一本の手を母親が引っ張ると伯母が土の中から姿を現した。

土の量が多かったら二十四歳の母親、四十代の伯母の寿命はこの時、尽きた。（伯母は百歳近くの天寿を全うし、母親は今九十一歳になる）。あと数十センチ土がおおいかぶさっていたら、私はこの世に生まれてこなかった、と思うと何とも言えない気持ちになる。

私が子供のころにも艦砲弾の跡や防空壕など大小の穴が口を開いていた。土が崩れ、生き埋めになる危険は少なくなかった。

ポーの小説には――「アッシャー家の崩壊」「陥穽と振子」「アモンティリャードの酒樽」など――生き埋め（あるいは生きたままの埋葬）がよく出てくる。

強烈な体験は小説のモチーフやテーマにもなる。ポーの場合は（私の想像だが）子供のころにでも、生き埋めになったのではないだろうか。

ポーが自分の内部に巣くっている生き埋めの恐怖を解放するために「アッシャー家の崩壊」などを書いたと仮定すれば、Ａも幽霊を見た体験を消去するために幽霊話を盛んに聞かせたとも考えられる。（これも私の想像だが）ポーは生きたまま埋葬されかけた体験がなければ（埋葬以外の小説もかなりあるが）小説家にならなかったのではないだろうか。

私は時々、今は消えてしまった、昔の美しい風土を夢に見る。この風土を小説に閉じこめようとする営為も「内面の解放」といえるのではないだろうか。

（私はなぜか聞けないが）母親と伯母は戦時中の生き埋めの恐怖をいかに解放したのだろうか。

（沖縄タイムス　2013年7月21日）

六つ穴

私が小学生の頃、月明りのない夜は外灯の下に誰からともなく毎日のように集まり、先輩や老人からいくつかの壕やあの世の話を聞いた。

家に帰った後も私たちは身震いしたが、聞いた話に色々な話をくっつけ、何日か後に持ち寄った。

城間にあったムーチーゴー（六つ穴）にも磁石に吸いつけられるように様々な話が集まった。

ムーチーゴーには義賊のウンタマギルーが悪徳商人から盗んだ財宝を隠したとか、

神隠しにあった美女や盗人にさらわれた子供の白骨死体が横たわっていたなどという話も語られた。

ムーチーゴーは海の底を通り朝鮮半島につながっている。いや、地底の王国に突き当たるなどという話も出た。

頭が六つもあるハブがいるとか、舜天に破れた敵が女装のまま落ち延び数年住み着いたとか、沖縄戦の時、中に入った何百人の避難民が一人残らず消えたなどという話も記憶に残っている。

もしかすると、このような奇想天外な話の裏には不発弾や崩落を心配した大人たちの、子供をムーチーゴーに近づけないための思惑があったのではないだろうか。

しかし、私たちはムーチーゴーを探険した。手に持った蝋燭には天井が崩れ落ちている所や百足や鉄兜が浮かびあがった。私たちは逃げ帰ったが、何日か過ぎるとまたこりずに中に入った。

まったく風景がちがう今はムーチーゴーが正確にどこにあったのか年配の人たちさえ判らないと言う。私は先日、「この辺りだった」と思いをめぐらしながら散策した。

冷暖房が効き、光に満ちた部屋に一人こもり、コンピューターが映し出す間接体験をしている時、昔、素人の語りべが作り出した豊かな世界が妙によみがえる。

（うらそえ文藝　２００１年４月）

沖縄戦―慰霊の日

拾骨

沖縄戦は（米軍の戦車などが）泥沼のようになった道に立ち往生した。だから沖縄の人々には豪雨が幸いしたという。

敵や豪雨を避け、人々は亀甲墓《かめこうばか》という大きな墓に入り、恐怖や絶望をまぎらすかのように先祖の遺骨と語り合ったという。先祖に見守られ、無事生き延びた人々もいるが、先祖もろとも木っ端微塵《みじん》に吹き飛ばされた人々もいる。

終戦後、生き残った人々は飲まず食わずの中、まず拾骨に精を出した。戦没者を弔わなければ、自分たちが「生きる」出発ができないと考えた。昭和二十二年生まれの私が小学一、二年生の頃には、石垣に石を積んだつもりなのに、よく見たら頭蓋《ずがい》骨を積んでいたとか、引っ掛かった釣り針をはずそうと水に潜ったら、針は頭蓋骨の歯にはさまっていたとか、周りよりひときわ茂っている雑草や野菜の下には必ず死体が埋まっているとか、いろいろな噂話が流れていた。

塔

私が住んでいる浦添市にも「浦和の塔」という慰霊の塔がある。塔の近くに戦前からある小学校では終戦まもない頃、遺骨収拾の時間が設けられ、生徒たちはザルや麻袋を持ち、丘の周辺を探し回ったという。しかし、あの当時の小学生に今聞くと、（授業中に遺骨収拾を）やったという人もいるし、やらなかったという人もいる。

私は（別の小学校だったが）よくこの塔のある丘に遊びに来た。岩が剥出《むきだ》しになり、すすきや、小さい雑木が生え、コーラルを敷いた白い道に風が吹くと、体中が埃《ほこり》だらけになった。誰もが貧しい頃、祈る人たちは精一杯の余所《よそ》行きの服を着ていた。たよりになる肉親を亡くし、どのように生きていったらいいのか、亡くなった人に聞いているように私には思えた。

遺骨が拾えなかった人もかなりいた。私の知人は父親が戦死した場所は長い間わからなかった。一緒に逃避行した人たちに聞き回り、亡くなったという場所の辺りから小石を拾い、遺骨の代わりに墓に納めた。

皮肉

大きな亀甲墓をつくったり、風葬にしたりと、手間をかけ、手厚くあの世に送り出す習慣のある沖縄の人々に、一度にあのように多くの人を多くの人たちに弔わせた、というのは天の皮肉のような気がする。沖縄には昔からウタキ（御獄）という、崖《がけ》の下や大木の近くや岬の岩などに香炉や石などを置いただけのシンプルな、しかしどこか奥の深い霊場を回り、拝みをする習慣があったが、この大戦後、ひときわさかんになったのではないだろうか、と私は思う。

ウタキのある崖の壁などには米軍の火炎放射をうけたのか、日頃頻繁に拝みにくる人々が線香やウチカビ（あの世ではお金になるという黄色い紙）を燃やしたのか、方々に黒い煤《すす》のようなものがこびりついている。

人生

建築ブームが起こり、工事中の地下から頻繁に不発弾や戦没者の遺骨が出てきた本土復帰まもない頃だっただろうか、浦和の塔の下の隆起珊瑚《さんご》礁の洞窟《どうくつ》に納められていた五千柱の遺骨も糸満市の摩文仁の丘に移された。現在、この丘には○○の塔という都道府県の名前がついた塔が林立している。日本全国の兵士が祀《まつ》られている。毎年、残された身内のお年寄りたちが訪れる。この人が死なずに生きていたら、自分の人生は……と思いながら、人生の終末を迎えようとしている、と私は感じた。

本土復帰の年の法要とか、復帰二十周年目の法要とか、戦後五十年目の法要とか、式自体は大々的になるのだが、どうしたわけか、亡くなった人々に対する思いとか、亡くなった人々の（私たちの目の前に現れるという）実在感は希薄になっていくような気がする。どう言ったらいいのか、一人聞く思い出の歌と、多くの人々と一緒に聞く思い出の歌の違いなのかもしれないとも思う。

花

しかし、テレビ（慰霊の日には特集が組まれる）から頻繁に流れる、手を合わせている人々を見た子どもたちは「あの人たちは何をしているの？」と親や先生に聞くという。六月二十三日は沖縄県だけにある法定公休日だという。何かの法律に違反するから「慰霊の日」をなくそうとする画策も一時期あったようだが、「なぜ今日は休みなの?」「何の日なの?」と子供たちが聞くこの時、戦争を知らない若い親たちは、普段はまったく意にとめない戦争に思いをはせ、(この子供たちのためにもと)反戦を真剣に考える。

毎年、慰霊の日はどういうわけか、晴れあがる。この頃、沖縄の梅雨明けが発表される。沖縄中の方々の慰霊の塔から、線香や、刈った雑草を焼く煙がたちこめ、においがただよう。五十年前から人々は塔の前にひざまずいている。静かに合掌している。慰霊の日の翌日から、連日三十度をこす暑い日が始まる。入道雲も力強く湧き出る。この日に沖縄での戦争が終わっていなかったら……米軍の機動力は全力を出し切り、沖縄の人々や日本兵は一人残らずこの世から消えていただろう、と多くの人が実感する。

たっぷりと梅雨の水を吸い込んだ花々が本格的な夏の陽に負けないという意気込みをみせ、血を思いださせるかのように、デイゴやブッソウゲの花はひときわ赤くなる。

(読売新聞　1996年6月7日)

第六章

米軍基地

人権に敏感な沖縄

昭和二十二年生まれの私は、四十七年の本土復帰の年を境に前後二十五年ずつ人生を送ってきた。戦死した人々の魂が天に戻る三十三回忌の法要の時には何かしら終わったという感慨がわいたものだが、復帰二十五周年というのは諸々のものがいまだに私に迫っているような気がする。

前半の二十五年間、私は米兵の世界にとらわれた。黒人兵と山野に散在していた戦死者の遺骨を拾ったり、家の一間を貸していたハーニーと呼ばれていた米兵の恋人に映画に連れていってもらったり、貸し馬に乗っている白人兵の背中につかまり、集落内を駆け回ったりした。

同時に米兵の傍若無人の振る舞いも日常茶飯事に見た。近所の人が昼食のソーミンチャンプルー（そうめんいため）を食べていたら、突然、黒人兵が軍靴のまま上がり込み、驚いた家族が外に逃げ出すと、ソーミンチャンプルーをたいらげ、平然と引き上げた。また、民家の板塀を力まかせにはがし、燃やしたり、豚小屋の扉を壊し、中の豚を逃がしたりする米兵もいた。

米兵は婦女暴行事件や傷害事件も頻繁に起こした。戦前から昭和二十年代にかけ、琉球警察の警察官だった、私の父親はまる腰のまま、ピストルをぶっ放しながら暴れる米兵の制止に何度も行ったが、逮捕権もなく、危険極まりなかったという。

キャラウェイ旋風という有名な用語も残っているが、独裁的な強権下に二十七年間、呻吟《しんぎん》した沖縄は復帰後、戦争の放棄を表明した日本国憲法の下に入った。軍用1号線は有事の時には軍用機の発着の滑走路に早替わりするといわれていたが、国道58号線になると、中央分離帯ができ、陸橋が掛けられ、整然とした歩道がつくられた。六月二十三日の沖縄の終戦記念日には本土から多くの政治家も来島し、「平和を祈願する」式典に臨んでいる。平和の礎《いしじ》も建造され、沖縄戦の戦没者の名前が刻まれた。

また、ソ連邦やベルリンの壁の崩壊や、ドル防衛があり、次第に米兵の影が薄くなったように思える。喜怒哀楽をストレートに出し、私たち子供の前でも本音をさらけだした復帰前の米兵とはちがい、今の米兵は何か無表情になっている。復帰前、私の家の近くの軍用1号線を頻繁に通っていた戦車や大砲を積んだトレーラーなどは、ほとんど見かけなくなったが、しかし、フェンスの中で間断なく軍事演習が行われている。静かだが、いつか、何どきか、何かの拍子に軍隊の本質が噴出するような不気味な気配がある。また、実際に噴出した。

沖縄の人々は特に「人権」には敏感に反応する。沖縄の人々の間にも色々な価値観があり、軍用地返還も一筋縄ではいかないといわれている。だが、「人権」を侵害された時にはすべての相違を乗り越え、一致団結する。少女暴行事件を糾弾した一九九五年の県民大会は、復帰前の「反ベトナム戦争」「反基地」「復帰闘争」などのバイタリティーをほうふつさせた。数百年来の海洋民族の精神と、復帰前の米軍闘争の時に鍛えられた底力が人々によみがえった。気宇壮大な大交易時代の血が流れているかのように沖縄県知事は、直接、米国政府に乗り込んだ。なかなか埒があかないが、粘り強く主体性を貫いている。

復帰闘争の激動の最中でも沖縄の人々は闘牛や沖縄芝居などに夢中になった。闘争の手を抜かずに、しかしゆとりを失わなかった。最近は独特の文化がよみがえり、世界へと羽ばたき始めた。もともと、このような文化の素地をもたらした海外交易が島国沖縄を栄えさせた。心から外国の人を迎えるのが自然になっている。この体質は現在も変わってはなく、ただ、「軍隊はノー」と言っているにすぎないと考えられる。

（琉球新報　１９９７年５月１５日）

米兵観

沖縄が本土復帰して三十年になる。復帰前には、「英語は勉強しなくてもいい」と口酸っぱく言う母親もいた。英語が話せるようになると米兵と結婚し、米国に連れていかれ、何年もたたないうちに捨てられる、というのが理由だった。

外国人というと米兵、外国というと米国のイメージが強かったが、復帰後は、琉球王国の大交易時代を彷彿させるかのような国際交流が盛んになっている。

国際協力事業団沖縄国際センターに発展途上の国々から留学生を受け入れたり、「世界のウチナーンチュ大会」と銘打ち、諸外国にいるウチナーンチュ（沖縄の人）を讃《たた》える祭典を開催したりしている。

米軍への見方も個人レベルではだいぶ変わってきた。

最近は娘に「米軍基地内の仕事」を勧める母親は少なくない。「これからの若者は島国根性ではいけない。世界のウチナーンチュのように、さまざまな国にははばたかなければいけない」というのが理由だという。

実際、公務員並みの給料や休暇が保証され、英語や国際感覚の習得ができる「ステータスな」職ととらえ、応募者は殺到し、非常に狭き門になっている。

「米兵」ではなく、「アメリカの青年」というイメージをいだく沖縄の人も増えてはいる。しかし、一方、沖縄の人に対する米兵による事件は後を絶たない。

犯人の米兵の顔と、復帰前の、特にベトナム戦争の頃の米兵の恐ろしい形相が、私の目には重なる。


（朝日新聞夕刊　２００２年２月１５日）

亀とアメリカ少年

私は「陸蟹《おかがに》たちの行進」という小説に限らず、海を描く時には、小学生の時に遊び暮らした、通称「カーミジ」（亀地、亀瀬、亀岩などという当て字がなされる）と呼ばれている大岩を核にしているように思う。

太古以来の波に浸食された、亀の形をした大岩は胴体も足も首も鋸歯のようにギザギザになっていた。背中には様々な種類の丈の低い海浜植物がいつも強い海風にゆれていた。あの「カーミジ」は干潮の時には陸に上がり、満潮の時には悠然と泳いだ。

一度はカバンを持ったままカーミジに行き、夕方遅く帰った。集落の方々《ほうぼう》に立ち話をしている大人たちがいた。何かあったのかなと私たちが不審に思っていたら、飛んできたそれぞれの親にこっぴどく叱られた。学校の女教師も目をつりあげていた。「学校からは帰した」「家にはまだ帰ってこない」と大騒ぎになったという。あの頃は米兵が子供を犯したり、殺したりするという噂が集落中に流れていた。「男生徒を襲う米兵なんかいないよな」とか「米兵が犯すなら女生徒だよ。先生や親は何を考えているんだ」などと私たちは徹底的に叱られた後、仲間どうし密かに笑った。

数十の真っ白いコンクリートのアメリカ人ハウスが点在している、カーミジの近くの崖の上から時々、私たちと同年くらいのアメリカ人の少年が降りてきた。彼は背が高かったが、しなやかな金色の髪や、優しげな青い大きな瞳は女の子のようだった。彼は一緒に遊びたがっていたが、私たちは無視した。

釣りをしている私たちをしげしげと見ていた「アメリカ少年」は、ある日立派なリールのついたカーボン製かなんかの竿を振り回しながら釣りを始めた。山から切り出した竹の先にナイロンの糸をくくりつけただけの私たちの竿に差をつけていると私たちは感じ、羨ましく思う反面、頭にきた。私の仲間が剽軽な仕草をしてもアメリカ少年の目は輝き、驚きや喜びに満ちているようだったが、笑わないから、私たちは彼は歯がないいんだ。だから笑えないいんだと大声で言った。

私たちは貸本屋の漫画に刺激を受け、ある時期、「宝島」や「十五少年漂流記」の世界を真似た「宝物探し」に夢中になった。おのおの家から持ち出してきた宝物（ビー玉、メンコ、玄関に置かれていた珊瑚の飾り物、姉の手鏡など）を砂や岩穴や灌木の茂みなどに隠し、探した。見つけた宝物は自分の物になるという決まりだったから、みんな真剣になった。この遊びにもアメリカ少年は興味を抱いた。彼は豪華な飛行機のプラモデルを抱え、仲間が隠したビー玉などを探す私の後をついてきた。仲間内では一番おとなしかった私をくみしやすいと思ったのか、彼は私の後ろから離れようとはしなかった。彼のプラモデルが気にかかり、ちゃちな「宝物」をこのアメリカ少年に見られたくなかった私は、探すのを断念した。

また、私たちはカーミジの首からよく数メートル下の水に飛び込み、度胸を競った。アメリカ少年は次々に身を躍らせる私たちを驚いたように見ていた。ある日、私の仲間が「おまえも飛べ、飛べ」とゼスチュアを繰り返した。アメリカ少年は怖気づいたように後退りした。すると、急に強気に出た仲間は彼の手を引っ張り、嫌がる彼をカーミジの首に立たせ、「レッツ・ゴー」と飛ぶ格好をした。笑いながら別の仲間が飛び込んだ。アメリカ少年は首の先端に寄ったが、躊躇した。すると、しびれをきらした仲間が彼の背中を押した。妙な英語の(?)悲鳴を残し、彼は落ちた。私たちは急に心配になり、水紋が生じている海面をじっと見た。彼が水死したら私たちは一人残らず米軍に連行され、死刑になると真剣に思った。彼はまもなく海面から顔を出し、犬掻きをしながらカーミジの尻の方に消えた。私たちは内心ほっとしたが、「あんな臆病者は浮かんでこないほうがよかったのに」などと笑い合った。

しかし、すぐ私たちは「ハウスに戻ったアメリカ少年が完全武装をした何十人もの米兵を連れてくるのではないだろうか」とか、「アメリカ少年がハウスにある父親のカービン銃を持ち出して、私たちの頭にでっかい弾をぶっぱなすんじゃないだろうか」と口々に話した。私たちはあたふたと水から上がり、素早く着替えた。私は、アメリカ人は女でも頭にくるとすぐ銃を乱射するという噂を思い出したが、仲間には黙っていた。

あのアメリカ少年は四十年後の今、もしかすると米軍の高官になっているのかもしれないと私は思ったりする。あんなにカーミジを愛していた彼だから、いかに世界戦略のためとはいえ、海岸を埋め、巨大な米軍基地を造る時には昔の記憶が蘇るのではないだろうかと考えたりする。

既に海岸は埋め立てられてしまい、「カーミジ」は大潮の満潮時にも海水に戻れなくなった。顔は水平線を向いているが、後ろ足や尻を土やセメントに固められている。

沖縄の人々は基地問題について「理」と「人権」を第一義に行動した

軍隊の本質を思い起こさせた少女暴行事件

U市が主催する、タイムカプセルにおさめる「五〇年後の沖縄」というテーマの作文募集の会合の帰り、私は同世代の審査員と雑談をした。私たちが生きていそうもない五〇年後に蓋を開けるという、どこか現実ばなれしている事業のせいか、私たちは冗談半分に気炎をあげた。五〇年後は「沖縄の島からすべての基地がなくなっているだろうが、島は巨大な鉄の基地にぐるりと囲まれているだろう」「小さい核爆弾が落ち、島自体がなくなっているだろう」「沖縄は日本から独立し、基地と中継貿易と観光からの収益が国家を支えているだろう」「岩国だけではなく、全都道府県に、沖縄の基地を移設すると提言してみたらどうだろう。すると全国民が沖縄の基地を身近に感じるだろう」「ミサイルの先にカメラをつけ、ちょうど胃カメラが病巣を探すように、敵の目標に近づき、間違いなく、木っ端微塵にする今の時代、沖縄の県民感情を逆撫でしながら年に何回となく行なっている旧式（にみえる）の大砲での演習がほんとうに必要なのだろうか」。

ベトナム戦争の頃、沖縄の人々は原爆やミサイルが沖縄に落ちてくると怯えた。しかし、ソビエト連邦が解体し、世界の冷戦構造が崩れた現在、軍人も普通の国民のような人間性をもつように変わったと沖縄の人々は（私も含めてだが）胸をなでおろした。戦争中であろうがなかろうが、絶えず敵国を破壊、敵国人を殺傷する訓練、教育に明け暮れている軍隊の本質をすっかり忘れていた。

曖昧《あいまい》に浮き沈みしていた沖縄中の人々を一九九五年（平成七年）の米兵による沖縄の少女暴行事件が根底からゆるがし、目を覚まさせた。軍人の本質を見極めた人々の身には、このような軍人がこの沖縄という小さな島にぎっしりと詰まっているのだから、どのような凶悪な事件が起きても不思議ではないという現実感が切実に迫った。

米兵の多くは十代、二十代の青年だという。種々の娯楽施設はあるが、女性がいない基地の中から、夜な夜な米兵たちは待ち構えていたかのように飛び出るという。金網の内側はほとんどの米兵が「米国本国」だと考えているふしがある。金網を出ると自分たちとは似ても似つかない他国の人間がいる。米国の仮想敵国が中国や北朝鮮だとすると、顔や姿が似ている沖縄の人々も彼らの目には攻撃の的に映らないだろうか、と私は時々思う。米国が泥沼にはまり、もがいていたベトナム戦争の末期、沖縄のAサイン（米軍営業許可）バーでは沖縄人のウエイターの襟首をつかみ「ベトコン、ベトコン」とわめいた米兵もかなりいたという。

基地という「米国」に逃げ込めば安全だという錯覚があるからだけではないだろうが、沖縄の人と何かのトラブルが生じた時には現在もベトナム戦争の頃と変わらない、軍人の恐ろしい面が発作的に出る可能性は非常に高いと思われる。

沖縄の人は基地に入れないのに、米兵は民間地域に自由に出てこられるというのも不公平だろう。基地内が治外法権なら、江戸時代の長崎の出島のように閉鎖的にしてもおかしくはないのではないだろうか。

大国と堂々と向かい合う沖縄人気質

沖縄の米軍や基地の実情をほとんど傍観していた本土の人たちが少しずつ意識を変

えつつある。この意識の変化は基地の問題を解決する大きな追い風になる。

だが、貿易摩擦の問題などでは米国政府に対し、強気に出ている肝腎要《かんじんかなめ》の日本政府が沖縄の基地問題では米国に押されっぱなしのような印象を受けるのはなぜなのだろうか。日本政府が、沖縄は百数十年前までは琉球王国だったなどという、あきれた、なげやりな考えを（たとえ潜在意識ででも）抱かないように願う。何事もこんがらがってくると「出生の秘密」にまでさかのぼるのが人の性だろうが、このような考えが頭をかすめると沖縄のいかなる問題に対しても身がはいらないだろう。

沖縄を併合したり、切り離したりするのは日本の主権のもろさのようにも映る。子を強引に引っ張ったり、置き去りにしたりする親の理不尽さに似ている。十分力を持っていながら米国に対し、力をいかんなく発揮できない日本政府に業《ごう》をにやし、沖縄県の知事が単身、米国政府にのりこむという斬新な図式ができあがった。もともと海外貿易を国是とした小国・琉球は現在も大国を相手にものおじしない気質が引き継がれている。戦力や経済力があるなしではなく、理にかなっているか否かが勝負の分かれ目と考えているから、誰とでも堂々と向かいあう。

沖縄の人々にはようやく自分たちの力を信じるゆとりが出てきている。

小さい島には灼熱の陽が照りつけ、青年も子供も老人も女も犬や猫も木陰に寄り集まった。伝説を聞き、また伝え、恋が生まれ、助け合いの精神や仲間意識が（木の影のように）濃くなった。

このような共同体の精神と、寡黙だが闘いだすと脇目もふらず一目散に突進する闘牛のような力や、豚の頭の先から足の先まで食べてしまうエネルギーや、サバニという小舟に乗り遠く南洋までも漁に出る勇気や、中国という大国と対等に交易をした気概などが混じり合い、堂々とした気質を沖縄の人々は培った。

ベトナム戦争におおわれていた時代、復帰闘争とか反戦とか基地撤去とかの闘いの最中でも沖縄の人々は髪を振り乱してばかりいたのではなく、女性は化粧も楽しんだし、男性は闘牛にうつつをぬかした。極言すると、公園の広場での県民総決起大会に五万人結集した翌日は、闘牛場に五万人押し寄せるというゆとりとバイタリティーがあった。このバイタリティーとゆとりが闘いをさらに充実させ、中身を濃くし、反乱とか革命に流れていかなかった大きな原因のひとつではないだろうかと私は考えたりする。闘牛や民謡に笑ったり、涙を流したりするように、闘いにも笑い、涙を流す。どのような状況下でも沖縄の人々は生きる力を見いだした。杖をつき、ようやく歩けた老女が、闘いの勝利の時には、立ちあがり、カチャーシーという沖縄独特の軽快な雑踊りを踊ったという話もある。

沖縄の人々は「理」を第一義にして動く

ただ、沖縄の人々の間にも問題は生じている。軍用地主の利害や軍雇用員の生活の糧《かて》、あるいは米軍相手のサービス業などいろいろな経済の問題、安保とか、沖縄島自体が巨大な沈まない空母とか呼ばれる軍事戦略上の政治の問題などが絡み合っている。しかし、このようなものを超越したかのように沖縄の人々は「理」にかなっているか否か、「人権」をふみにじっているか否かを第一義に、ものを言い、動いている。九五年の秋の県民総決起大会に数万人が結集したのも「少女暴行」事件の糾弾という意味合いが色濃く塗られていたからだろう。「即時全面基地撤去」とか「即時安保破棄」とかに色を塗りわけると、あのように何万人という大勢の人が馳せ参じたか、あやしくなる。

県民の思惑は確かに錯綜し、一筋縄ではいかず、迷いもおおいにあるが、「沖縄」は一定の方向に悠然と流れている。本土復帰闘争の頃は県民総出のデモやストが連日行なわれた。今はこのような直接行動はほとんどなくなったが、「県民投票」に象徴されるような県民の後ろ盾を県政のトップもこのうえなく心強く思い、問題に対峙し、先手先手をうち、時には一刀両断のもとに切っている。今回の大田昌秀沖縄県知事の代理署名の応諾も問題の解決ではないが、（解決に向けての）大きな一歩という認識、ようやく沖縄も本土も米国も前に向き、動きだしたという認識を多くの県民が抱いた。

先日、五八年から二年間沖縄の空軍にいたという米国の記者と通訳を交え、少し話をする機会があったが、彼によると、米国人は沖縄がどこにあるのかわからない、戦争があったとしか知らないという。大田知事が米国を直接訪問した成果は、トップレベルへの直訴という枠をはみだし、米国の一般国民に「沖縄」を少なからず認識させる端緒を開いた点にもあるだろうと考えられる。

今回、県民のエネルギーはあっというまに連鎖反応を起こした。しかし、やはり、闘牛のように相手が正々堂々と引くと深追いはせず、闘いはとたんに集結する。闘牛士をひきずるように退場口に向かう。

（日本の論点'97　文藝春秋）

NO BASE

第七章

祈りI

闘牛賛歌

二十代の前半、結核を患い、無力感に苛まれた私は、頻繁に闘牛を見に行った。太陽も雲も動かず、木から樹脂が、岩から水分が滴りおちる気がした。咽が渇いた。幼い頃、毎日のように泳いだ池を、闘牛を浴びせる池を思い出した。

うだった真昼の白い幻想を一トン近い猛牛の突進が破った。黒光りしている体表からぶるんと飛沫がはねとんだ。牛は内部から燃えあがってくる力を泰然と待ち、一瞬に燃え、大地を蹴り、一目散に走り、とどまらなかった。大ハンマーと大ハンマーをおもいきりたたきつけるような音が、私の度胆をぬいた。

牛は一歩一歩、地に感謝するように地を踏みしめ、ふりむかず、四肢を土砂にもぐりこませ、ただ前に進んだ。八百長も何の策略もなく、ただ目前の戦う相手にだけ全力、全魂を集中した。一切を失い、一切を得た。

黒いビロードのような筋肉を痙攣させ、地鳴りを響かせ、一生懸命に私に向かい突き進む牛の像が二十年後の今でも目の奥に浮かぶ。

なぜ牛は自分の力を信じられるのだろうか、と私は考える。角。無敵の象徴。弱い精神を突き刺す固い、陽に鈍く光る白い角。小山のような体が内蔵する全力を二本の角に集め、美しく戦う。目はますます澄む。遠くの何か一点を見ている。〈武器はひとつだけでいいよ。ひとつのものをくりかえし磨きなさい〉と語りかける。

ふと、私は思う。神々が力くらべのために牛に化身したのではないだろうか。なぜなら、日頃は寡黙だが、いざという時に全力をだす牛は神々の気質に似ているのだから。

いつのまにか、ありふれた丸い広場に、神前試合のような厳粛な空気がはりつめる。何千という人々は一点を見、押し黙り、何かを思い、祈っている。人々は勝ち牛のまわりに群れ、三線を弾き、歌い、カチャーシーを舞う。天真爛漫な喜びが目ににじみ、牛の目に似る。敗れた牛は、勝負は天のきまぐれな采配さとばかりに胸をはり、心は静謐に澄み、大地を踏みしめ、退場口に向かう。派手なガウンを着せられた勝ち牛も、人間たちの他愛無さを笑いもせず、憤慨もせず、悟りをひらいた神のように、ゆっくりと退場する。

牛は、私が見るたびに「どうだい」と胸をはる。私は小さなためいきをつき、何も言えなくなる。言えなくなるぶん、私は闘牛場の、牛の美しい何かを表現したいと願う。無尽蔵な牛のテーマの究極は、沖縄の神話になり、芸術に変わる。

あの池に牛がいたのを私は見たわけではない。ただ、松の根の間から流れこむ清らかな水、底の、固い土のなめらかな感触、微妙に赤茶けた壁の色、陽に輝く少年や少女の濡れた肌、このようなものを鮮明に思い浮かべる時、ぼんやりと黒い巨牛が池に、人間がつけたこの世の垢を洗い流す水の中に現われる。


（闘牛・沖縄ガイドブック　1992年3月）

演技

私が書いた『豚の報い』という小説の映画化が決まり、主人公たちを選ぶオーディションに私も同席した。

演技が始まった。会場の浦添市民会館に緊迫感がみなぎった。

女性が男子学生に（私を好きになってちょうだい）としがみつくシーンでは、二十代のおとなしそうな女性が急にわれを忘れたかのように男子学生を襲い、強引に押し倒そうとした。私は度肝をぬかれた。

「（マブイ＝魂＝をこめに）どこに行くの？」とマブイを落とした女性が心配そうに聞くシーンでは、男子学生役のある男性がパッと立ち上がり、力強く天をゆびさし、「真謝島《マジャジマ》」と大声を出した。崔洋一監督も笑いをこらえきれなかった。これまでの演技者は一様に「真謝島」とささやくように厳粛に言っていたのだが…。

台本を見ながら台詞《せりふ》を言ってもかまわないのだが、少し老眼の、ある中年の女性はとっさに標準語に沖縄方言をないまぜにした。すると、沖縄方言がほとんどわからない相手役はひどくとまどった。しかし、とまどいを逆手にとり、演技に生かした。

台詞が内包している力が演技をする人の魂をひっぱりだし、赤裸々な人間性をみせつけた。私は深く感じ入り、思わず動悸《どうき》がしたり、涙ぐんだりした。

何か演技の奥から、演技者本人も知らない潜在的なものが現れるように思えた。催眠術にかかった時と似ているのだろうかと思ったりした。

演技とはすばらしいものだと私はつくづく思った。すると、ふと豚が私の頭の中に現れた。

豚がスナックに乱入した情景を想像し、私はあの小説を書いたのだが、映画の撮影の時、豚がどのようにふるまうのか、まったく想像がつかなかった。腹がへった豚、子供が生まれたばかりの豚、発情している豚は狂暴になるといわれているが、よくわからなかった。

ペットのような豚が全編、前面に出てくる外国の映画では、豚も重要な演技をしていたが、この映画ではむしろ、演技というより、自由奔放に暴れ回ってほしいような気がする。

台本では大騒ぎする女性にのりかかろうとする豚も出てくる。野性にめざめた豚は演技しないほうが真に迫るのではないだろうかと考えた。すると「相手役」の女性はなまじっかの演技では豚に拮抗《きっこう》できないように思えた。


（中日新聞　１９９8年8月２１日）

沖縄の楽天性

豚の報い

私は小説を書く時、幼い時の原体験を核にしてきたが、最近は、もしかすると、私の原体験にも何百年来の沖縄の基層が顔をのぞかせているかもしれないと考えるようになっている。『豚の報い』という作品も少年のころ、偶然見た、正月用の豚が肉市場に運ばれる途中、トラックから転がり落ちたという事実を核にした。

この作品は「沖縄問題」の解決を本土政府に頼みに行くのだが、途上、自分たちの力を自覚し、結局、沖縄の人たちが主体的に問題を解決するという現代的な読まれ方や、小島に向かう四人はやりたい放題が可能な幼い少年少女の昔に回帰する、などという読まれ方もした。

だが、じつは、沖縄の人は海洋民族の血を引き、小さい独立王国だったという気概も潜在的に残り、主体性はもともとあると思われるのだが、長年の苛酷《かこく》な歴史に押しつぶされ、受け身になっていたのではないだろうか、というのが私のモチーフだった。押しつぶしているものを押しかえすためには主体性が重要ではないだろうかと考え、物語の中核にした。主体性があると自信が湧くし、大局観に立てる。空間的にも時間的にも先が見通せる。沖縄の根源の力が現代に生きる人たちに力を自覚させるというのはあまり複雑なテーマとはいえないかもしれないが、しかし、重要だし、古くはならないような気がする。

主人公の大学生は小島に風葬されている父の骨を拾骨するという、ホステスたちには内緒の目論みがあるが、父の骨と対した時、あの世の力を浴び、考えが逆転し、父の骨を神に昇華させようとやっきになる。沖縄ではあの世とこの世は地続きである。聖と俗も同一のものの側面ともいえる。豚もある意味では、あの世とこの世をつなぐ、行き来する、人を案内する重要な存在といえる。

豚と闘牛

沖縄の豚は家畜やペットとは何かちがう、人間と密なものがある。今、豚は日常的に食べられているが、昔は祭り（ほとんど神をはさんでの祭り）の時や年中行事（これはたいてい亡くなった先祖をはさむ）にしか食べなかったという。この時、まず神や亡くなった先祖に食べてもらってから、この世の人は食べはじめる。共食する。豚肉をはさみ、神やあの世の人たちと人々はつながる。豚は神の使いもする。魔物にとりつかれた人は豚小屋に入り、豚を騒がしく鳴かせたり、豚に体をこすりつけたりすると、魔物は逃げていくという。また豚は反面、死の予兆を人に知らせ、恐怖におとしいれたりもする。疾走する豚に股《また》の間をくぐりぬけられた人は数日中に亡くなるという。

豚は食べられる運命にはあるが、こせこせせず（チョコチョコとよく動き回っては いるが）食べたい時に食べ、寝たい時に寝る。人にもあまり怯《おび》えず、またおべっから しいものもつかわず、妙に平然としている。憎めない存在である。楽天的な感じがす る。この楽天性が沖縄の人の気質にものりうつっている。人々はある意味では「神の 使い」の豚を食べ、血肉にし、神の力を体の中にとりいれる。神と一体になったとい う感覚になる人もいるという。また亡くなった先祖とも気持ちが共感する。豚が何で もたくましく咀嚼《そしゃく》するように、沖縄の人も外から来た固いものを忍耐強く時間をかけ、 噛《か》みくだくように思える。

外国から来た人には豚は、見たとおりの豚にしか映らないのだろうか。幼いころに 見た風景だが、近所の豚小屋の簡単な扉を、昼間から酔っ払った黒人兵が壊し、豚を 追い立てながら、「フリー（自由）、フリー」と叫んでいた。食べられる豚に哀れみを かけ、自分の運命と重ねあわせたのかもしれないが、沖縄の豚はたとえ食べられても 神になるという沖縄の人々にしみこんでいる観念を見落としている。

私は以前よく闘牛が出てくる小説を書いた。闘牛は沖縄の人々のキャラクターと似 ていると考えた。日ごろは寡黙だし、受け身だが、いざ闘いとなると（闘牛場に入場してもなかなか闘おうとしない牛もいるが）角をからませ、目を血ばしらせ、四肢をふんばり、前に前に突進する。沖縄の人々も特に本土復帰前は五万人結集大会やデモやストが盛んに行われ、ベトナム反戦・祖国復帰・米軍基地撤去などの闘争に血眼になった。しかし、闘争の中でもゆとりを見つけた。沖縄の人々は闘牛場にも何万人も集まり、牛の美しく、苛酷《かこく》な闘いに熱中した。必死に現実の闘争をした人々が、非日常的な感じのする闘牛場にどっとくりだした。このようなゆとり〈闘争の手をぬいたわけではないが〉が何度かみまわれた苛酷な歴史の渦の中でも革命とか反乱とかに走らなかった理由のひとつかもしれないと考えられる。

最近は巨大な屋根つきの闘牛場もできたが、以前は灼熱《しゃくねつ》の太陽の下、闘牛も見ている人々も汗をかき、時々は目もくらみ、息をつめ、足をふんばった。人々と闘牛はまさに一体になっていた。勝負がついた後は牛も人々も一様に大きく安堵《あんど》の溜息を（牛が溜息をつくかどうかは知らないが……しぐさから何となく感じられる）もらした。

闘犬大会とか、カブト虫の試合とかはどういうものなのか知らないが、勝負のついた後のさっぱりとした態度は牛が一番いいような気がする。闘いの後に悔いや未練を残さず、引き際が非常にいいように見える。相手の牛が「敗けた」と尻を向けると、つい今しがたまで憎悪の目をたぎらせ、必死にやっつけようとしていた牛もすぐさま同じく尻を向け、大きく息をつきながら、退場口に向かう。

境界がない

牛や豚と沖縄の人々に境目がないように、沖縄の自然も境界が曖昧《あいまい》のように思える。釣りが好きな私はよく海に出かける。大海原に面した岬や岩場ではよくウガン（祈願）をしている人々に出会う。たいてい中年や老年の女性数人と男性一人という組み合わせである。男性はふつう自家用車の運転手である。自家用車がない時はタクシーを利用しているが、縁もゆかりもないタクシー運転手が時にはウガンをしている女性たちの後に神妙に座っていたりする。女たちはすぐ近くにいる私が大きな魚を釣り上げようが、まったく関心を示さずにウタキ（沖縄の神が鎮座している所）の神としきりに会話を交わしている。ウタキにはせいぜい小さい香炉が置かれているだけだが、岩や岬の先には広大な海原が広がっている。彼女たちの視線は香炉のあたりに落ちているが、私の方からは、大海原に厳粛に向かいあっているように見える。祈りを終えると、神にお供えした重箱の沖縄料理や餅などを風呂敷に包みなおし、お互い何も言わずに車に乗り込み、次のウタキに向かう。私が少年のころは食べる物が少なく、特に泳いだ後の空腹の時には、このような神に供えている餅（私は餅が大好きだった）が喉から手が出るぐらいに欲しかった。しかし、当の女性たちも一口も食べなかったから、子供心にも（女性たちが）けちだとは思わなかった。神が食べるものだとあの時私はぼんやりと思った。あのころも人々は海を拝んでいるように私には見えた。海のどこかに神がいるのだろうかと考えた。しかし、人々の目線の先には何種類かの鮮やかな色のついた海と、入道雲と、真っ青な空しかなかった。生きている人が語りかけると、水平線のかなたや、水の中や、天の上から（神が）すばやく近づいてくるような予感がした。

大海原と同じように、毎年襲ってくる台風の後も、境界がなくなり、どこまでも見通せた。少年のころ、停電すると、雨戸をたたく音、何かが転がる音、電線の鳴る音、家がきしむ音、木が裂けたり枝が折れたりする音などが不気味なぐらい耳に入った。音だけの世界だった。翌朝、台風が通り過ぎ、外に出ると、バナナの群生も板塀も倒れ、家々も全・半壊し、私は目をみはった。別の世界にまよいこんだような錯覚を覚えた。日ごろは数メートル先の何かに視線は遮断されるのに、一キロ先までも見渡せた。所々からは水平線も見えた。海のかなたにいるという神が私たちの集落や、人々の顔を見ているとも思えた。

先祖

見渡しても何もないという風景は逆に、すぐ近くに神がいるという観念を沖縄の人々にうえつけたとも考えられる。あの世もすぐ近くにある。家族は亡くなると力を持つから、生きている人は、よく位牌（トートーメーと呼んでいる）に入学や誕生や結婚などの報告をする。墓の新築祝いには人々は墓の中にはいり、三線《さんしん》を弾き、亡くなった先祖を喜ばす。幼いころ、私は、話や歌に興じるというのは亡くなった人を冒瀆《ぼうとく》するのではないだろうかと腹立たしくなった。しかし、今は先祖が墓の中に生きている、住んでいるという観念が理解できるようになっている。

先祖は、家族に問題や悩みが起きると相談相手になる。墓や位牌に向かい、家族は何もかもつつみかくさず、何度も何度もうちあける。先祖は始終黙っているように周りからは見えるのだが、当人たちにはちゃんと答えている。何時間か対話をした後は一種のカタルシスを得、気持ちが軽くなっている。後日気分がすぐれなくなると、また先祖に話しかければいいという。

このように亡くなった人は決して生きている人を責めず、あたたかく勇気づける。沖縄のお年寄りは亡くなったら、家族の相談相手になるという「やりがい」があるせいか、歳を重ねていくのを妙に悟っているようなおおらかさがある。墓を造るという心配以外はあまり心配事はないようにみえる。墓さえあれば、子孫が会いに来るし、先に亡くなった家族とも生活ができるというふうに考えている。沖縄戦でも墓の中にいると安心だったという。焼けただれた砲弾の破片から身を守ってくれるという以外に、先祖と対話ができるという感情が湧《わ》いたからだという。万が一墓がつぶされても、先祖と永久に一緒だという安心感が、死の恐怖を追い払ったという。

ユタ

先祖には荷が重い問題はユタ（民間のシャーマン）に頼む。彼女たちは日ごろはたいてい家事や育児や農耕などに精をだしているが、悩みをかかえた客が来るとユタに早変わりする。ユタは客の悩みを聞き、客の先祖や、沖縄の各地に散在するウタキの神の助言を乞う。客はユタと一緒に悩みが解決するまで何箇所も懲りずにまわる。時には途中の車の中でもユタは客の心が安心するような会話をくりかえす。客はしだいに自分を客観視できるようになり、迷いをふっきる力が湧いてくる。自分の不注意から赤ん坊を死なせてしまった母親の深い後悔からくる病気が医療機関でもなかなかよくならなかったが、「お母さん、私はこの世に生まれるはずではなかったが、お母さんの愛情を深く受け、この世に顔を出し、お母さんをひとめ見る功徳を得ました。ほんとうに感謝しています。ありがとうございます。お母さんが喜ぶと、私も喜びが倍になりますから、どうかいつも喜んでいてください」というユタの口を通した赤ん坊の声を聞き、すっかり治癒したという話もある。

このようにユタは客や神によく話しかけ、両方の声を聞き、客や神に伝える。たいていないなにをしなさい、すれば、問題や悩みは解決するという楽天的な答えが神からは返ってくる。

海の幸

沖縄では海を、島の周りを囲むものではなく、島のひろがったもの、延長線上のものと考えているふしがある。無限ととらえる。幸福というものは無限のかなたから沖縄に運ばれてくると人々は考えている。この考えは大交易時代、中国や東南アジアあたりからもたらされた貿易品の莫大な利益が神格化したものともいえる。

海から来るものは幸だと考えている沖縄の人々は、沖縄に来る外国の人々を鷹揚《おうよう》に受け入れた。人は恐怖心から攻撃的になる場合も多いというが、海洋民族の楽天性が沖縄の人々を恐怖心から遠ざけた。この楽天性と中国や東南アジアの大国と対等に胸をはり、対してきたという（潜在的な）誇りが薩摩や旧日本軍や米軍の占領にもくじけず、自暴自棄にもならなかった一因のような気がする。

海洋民族の特性か、「閉鎖する」という概念は希薄のように思われる。イノーと呼ばれる珊瑚礁《さんごしょう》の広大な原に下りれば、女性や子供にでも魚や貝や蛸《たこ》や海藻など海の幸が容易に手にはいる。台風の被害は大きいが、台風の翌日には波打ちぎわに数十センチもある沖合の、半死状態の魚がたくさん浮いた。私たちは持ち帰り、ありがたく食べた。沖縄の漁師は昔からサバニという小舟に一人だけ乗り、遠く南洋の海までも平然と漕ぎだした。昔、私たち少年も真夏の太陽の下、遊び疲れ、くたくたになった時にはよく海の水に入った。すると、嘘のように気分も体力もよみがえった。

米軍

海から来たものは時には幸ではなかった。私が生まれたころに沖縄の施政権を米軍が掌握した。私は幼いころ、大の男の米兵が胸の高さしかない沖縄の女性のいいなりになっているさまや、女性の機嫌を懸命にとっているのをよく見かけた。ハーニーと呼ばれていた米兵の恋人の女性が私の家の一間を借りていた。私は時々このカップルに映画に連れられて行った。ただ、邦画の「笛吹き童子」とか「紅孔雀」などがいいのに、洋画の大人の恋愛ものばかりを見せられた。この米兵には馬や車に乗せてもらったし、当時近くの山に残っていた防空壕にも一緒に入り、探険遊びもした。私は彼らと海にも行った。米兵と彼女は、少女のように寄せる波、返す波においかけられたり、おいかけたりしていた。子供だなと私は感じた。

米兵がＭＰに追いかけられているのも見た。私の家の前の広場をつっきりダイナミックに逃げ回っていた。板塀にも体あたりをした。また、電柱にしがみつき、「基地に帰りたくない。戦場に行きたくない」と泣き喚いている米兵も見た。なんだ、弱虫だな、兵隊のくせに、と私は子供心に思った。

沖縄の人が米兵を助けているのも見た。本土復帰前は道路も整備されてなく、雨が降ると、車輪が泥にくいこんだり、道路脇の溝におちた米国青年の運転する車も多かった。一人四苦八苦している青年をみるにみかねた沖縄の人々は車の後を押したり、牽引《けんいん》したりした。しかし、米軍車両や軍服を着ていた時には手助けをしなかっただろうと、私はあの時（高校生になっていたが）思った。ベトナム戦争が激化しはじめたころ、米兵による重大な事件や事故が頻発し、県民の感情も激昂していた。しかし、あのころでも、米兵たちはよく沖縄の人々を助けたりした。私の家からあまり離れていない家が火事になった時、米兵が沖縄の人々よりいちはやくかけつけ、（沖縄の女性とのデートの途中だったようだが）全身びしょぬれになりながら、バケツの水をかけ続けた。

大学生になると、本土復帰闘争・ベトナム反戦闘争・米軍基地撤去闘争などが渦巻き、大局的に、かつ生々しく米軍兵士の狂暴さがしみこみ、少年のころの米兵体験は遠退《とおの》いた。しかし、遠退いた分、夢のような出来事に変わり、生き生きと、なつかしく、何かの拍子に時々よみがえった。

少年時代のこのような思い出があるせいか、大国アメリカ、戦勝国アメリカというイメージが私の中ではとおりいっぺんではなく、弱さも脆《もろ》さも実感できた。

文化

沖縄には、現実すぎるほど現実的な「米軍」の情況とは裏腹に前近代的な非合理的な力が残っている。混沌《こんとん》とした世界が直接、混沌としたまま私たちに迫ってくる。科学とは無縁な、未知なものの魅力やエネルギーが人々一人ひとりに感応する。だから、豚にマブイを落とされたり、下痢をさせられたりしても、人々が豚に感謝するというのが不自然ではなくなる。概していえば、技術は頭を使い、合理的・近代的である。分析もする。文化は分析ができない、非近代的なものだし、頭ではなく人々の魂に非合理のまま伝わっている。もしかしたら、沖縄の人々の気質はもともと非合理的なものを多く内在していたのかもしれないとも考えられる。何百年も前から沖縄の人々は三線をひき、歌を歌い、踊ってきた。労働歌や恋の歌なのにどこか荘厳な感じがするのは、亡くなった先祖や神々にも聞かせるように作られているからではないだろうか、などと考える。もちろん、第一義は生きている人々が生きるために聞くように作られている。終戦後の捕虜収容所に入っていた時にも、米軍の缶詰の空缶を細工したカンカラ三線をひき、簡易舞台では民謡大会や沖縄芝居を上演し、笑い、楽しみ、不安や無意味の日々を吹き飛ばしたという。海から帰ったら、夕食後のひととき三線をひく漁師も多いという。漁師に限らず、沖縄では農夫も自営業の人も公務員も失業中の人も夜はよく三線をひく。孫を目の前にしながら、あるいは泡盛の杯をかたむけながら、三線をひく。よく私の部屋にも三線の音が流れこんでくる。私は心地よい気分に浸る。

沖縄では生きる喜びを共有する。結婚式など祝い事にはカチャーシーという雑踊りがつきものである。三線の音にのり、手首をくねらす単純な踊りだが、老若男女が舞台に代わる代わるあがり、当人たちを祝福する。雛壇《ひなだん》の人と喜びを体ごと共有する。このような祝い事に参加する機会が沖縄の人はとても多い。結婚式などには三〇〇人から五〇〇人招待される。花婿の祖父の元同僚とか、花嫁の母の友人など、花婿花嫁が顔も名前も知らない人も嬉々《きき》として出席する。人々はこのようなめでたい場に出、めでたい人々と溶け合い、カチャーシーを踊り、日ごろのストレスを解消する。喜びの場・時はストレスを喜びの中に溶かし込む場・時でもある。八〇歳、九〇歳の人も出席し、時にはゆっくりとカチャーシーを踊る。

最近は若いミュージシャンや演出家などが沖縄の伝統を活かした作品を作り、日本本土、外国にも堂々と進出している。琉球舞踊などはかなり前から海外公演も数多くこなしている。今、小学生向けの琉舞道場や空手道場などが盛んに開設されているし、授業や課外活動に三線の時間を設けている学校もある。私は三線はひかないが、豚が道を走りまわるようなこの土地に創作欲を触発された。心象風景や体験の核が私の生き方さえもささえている。年々、月々ますます強固になる。

（月刊ＭＯＫＵ　１９９７年２月号）

マイペース

一人、十数メートルほど先の離れ岩に渡った。型は小さいが、様々《さまざま》な魚が釣れた。竿《さお》先の青い海面から次はどんな魚が顔を出すか、夢中になり、時間を忘れた。

魚の引きがピタリと止まった。長い竿を岩の凹みに立てた。いつのまにか眠ってしまった。何時間か後に目覚めたら、海水が岩を取り巻いていた。荷物がなければ泳げるのだが……次の干潮を待とうと思った。

海風が海浜植物をゆらす音と、岩に水がのりあげる音以外は何もなかった。ふと親《しん》戚《せき》の、生涯独身のＵおばぁを思い浮かべた。

潮干狩りが大好きだったＵおばぁは、珊瑚《さんご》礁の原が大きく干上がる大潮をちゃんと覚えていた。今日は寅《とら》の日とか、月は満月だとか、よく知っていた。旧暦が頭の中にインプットされていると私は感じた。

　ある年のハマウリ（浜下り。旧暦三月三日）の日、親戚が九十歳をこすUおばぁを潮干狩りに誘った。親戚は二、三人ずつかたまり、世間話や高笑いをしながら貝を探したが、Uおばぁだけは一人うつむいたまま方々を歩いた。クムイ（珊瑚礁の原に開いた穴）に釣り糸を垂らしていた私が何気なく顔を上げると、Uおばぁはずっと遠くの珊瑚礁の原が切れた波打ち際に一人いた。私は珊瑚礁の原を駈《か》けた。

　Uおばぁの持っている網にはいろいろな貝が詰まっていた。砂浜に戻ろうという私の声には耳をかさなかったが、しだいに満ちてくる潮には素直に従った。

　一人住まいの家に帰ったUおばぁは隣近所に貝をお裾《すそ》分けする様子もなく、マチ針やハンマーで身を取り出し、油味噌《みそ》を作り、何日かかけて、少しずつ食べた。

　Uおばぁは親戚の祝いの席には出たが、不思議な笑みを浮かべ、主人公にすぐ愛用の巾着《きんちゃく》から取り出した祝儀を渡し、数分も経《た》たないのに家に帰った。

　いつ息を引き取ってもかまわないかのように、毎日きちんと小さいマンジュウ（カンプー）を後頭部に結い、糊《のり》のきいた着物を着ていたが、喜怒哀楽の表情はほとんど出さず、葬式のときにもお祝いの席と同じようななんとも言えない風変わりな笑みを浮かべた。

Uおばぁの家の半間ほどの仏壇には香炉や位牌《いはい》以外何もなく、ひどく閑散としていた。

旧盆の時、私がUおばぁの仏壇にパイナップルの缶詰を供え、手を合わせても(ふつうは家人も、先祖に「どこそこの誰々があなたの供養に来ましたよ。こんなに大きくなっていますよ。末長く見守ってくださいよ」などと言いながら一緒に手を合わせるものだが)Uおばぁは不思議な笑みを浮かべたまま座っていた。

独り身だからなのか、よく宗教や政党関係の人が訪ねてきた。しかし、Uおばぁは彼らの説教や勧誘には全く耳を貸さなかった。選挙の投票には一度も行かなかった。

冬は火鉢に鉄瓶をかけ、頻繁に湯を沸かした。ゆっくりとお茶を飲んだ後は、器用にキセルの煙草を吸った。

お茶と煙草の他に、黒糖や酢などに漬け込んだ赤瓜の自家製の漬物をよく食べたが、食事らしい食事はしなかった。栄養失調にならないか親戚は気になったが、視力はとてもよく、簡単に針に糸を通し、自分の浴衣や着物を縫った。

Uおばぁはチャンバラの時間になると、ちゃんとテレビの前に座った。「水戸黄門」「暴れん坊将軍」「大岡越前」などの勧善懲悪のチャンバラ以外は見なかった。

チャンバラを見ている時は親戚からの無事かどうかを確かめる電話もとらず、誰が訪ねてこようが、顔も見なかった。

Uおばぁが米寿を迎えた時、親戚が「人がいっぱいいる祝いは嫌がるし、チャンバラが好きだから」と祝宴を取り止《ゃ》め、京都の撮影所に連れていった。Uおばぁは不思議な笑みを浮かべながら最前列にしゃがみ、チャンバラの撮影を見物した。

休憩時間には見物人やちょんまげの役者などがUおばぁの芭蕉布の着物や、カンプーや、銀のジーファー(かんざし)などを珍しがり、触ったり、写真を撮ったりした。お姫さま姿の女優も近寄り、Uおばぁと記念撮影をした。

写真の中のUおばぁはなんともいえない不思議な笑みを浮かべているが、一度も「よかった」などとは言わなかった。

孤独は人を老いさせるというが、Uおばぁは二十歳の時から人に何も求めず、潮の干満のように一人暮らしをしてきたから九十九歳の天寿を全うできたのだろうか。

笑みを浮かべた臨終の姿は「人が死ぬのも、馬や虫や魚が死ぬのと同じ自然の摂理」だと言っているように私には思えた。

しかし、このような端倪《たんげい》を許さないほど、Uおばぁの周りには幸福が漂っていたと今、私は考えている。


（西日本新聞　2002年7月16日）

雑草の花

二十数年前、ある賞を受賞した数日後、プロ並みの腕前の先輩Aが「祝賀会に出席できなかったお詫《わ》びに記念写真を撮る。必ず楯《たて》を持ってこいよ。自然をバックにしよう」と言った。

三月のある日の午後、彼の軽自動車に乗り込んだ。

彼は「同じ風景でも光の具合でガラリと変わるから、バックになるかどうかは行ってみないとわからない」と車を走らせた。

私たちは大木、古木、荒い波、鋸歯《のこぎりば》の大岩、旧家などの前に降り立ったが、「人物が負ける」とAはカメラを手にしなかった。

探し回った揚げ句、Aは浦添城跡や浦和の塔のある丘の麓《ふもと》に車を止めた。

彼は大きなカメラを、私は楯を持ち、長い坂を上った。脈動する春の息吹を妙な静寂がつつんでいた。Aが足を止めた。なだらかな傾斜に雑草が小さな白い花を一斉に咲かせていた。

「ここなら人物が食われない」とAは言い、傾斜に下りた。

子供の頃、仲間とマングースや野苺《のいちご》を探し回った後、この浦添城跡によく上った。雑草の白い花は浦和の塔の周りにも生えていたような気がする。

Aはカバンから布切れを出し、カメラのレンズや楯を拭き、私にポーズをつけた。

私は胸元に楯を抱え、花の中に座ったり、立ったり、空を見上げたりした。

ぎこちないポーズの私に、彼は「雑草の何が俺を引き付けるのか？……雑草がこの瞬間の宇宙を体現しているからだ」と自問自答した。さらに撮影後、「この花には月、火、水、木、金、土、日の力が働いている。普通の人が目もとめない、些細《ささい》なものに巨大なものを発見するのが写真家の真の力だ」と妙な論理を披歴した。

当時理屈っぽかった私も負けずに「芸術論」を述べた。ひんやりした風がときおり混じる、あたたかい陽気を浴び、しだいに私たちの意気は高揚した。

Aは「宇宙を探してくる」とカメラを持ち、傾斜を上っていった。私は雑草の上に仰向《あおむ》けに寝た。日差しは明るいが、まぶしくなかった。

頭の辺りが急に騒がしくなった。背中を起こした。

黒のワンピースや白いワイシャツを着た老人たちが大型バスから降り、斜面のはずれにある公衆トイレに向った。

腰の曲がった老人が少しふらつきながら私に近づいてきた。手に一升瓶と茶碗《ちゃわん》を持っている。

老人は私の傍に座り、無言のまま日本酒を勧めた。私が飲み干すのを待ち、「飛行機を乗り継ぎ、来た。酒を戦友に捧《ささ》げに」と言った。なまりが強く、少し舌がもつれていた。酒が入ると私の目はトロンとなるが、この老人の目には酔おうにも酔えない、しかし現実にも耐えられないというふうな何ともいえない色がにじんでいた。

雑草の上の楯を見た老人は「褒美か」と聞いた。私はいきさつを話した。老人は「わしも戦争に行く前に立派な写真を撮った」と言った。

まもなく若いバスガイドが老人を呼びに来た。バスは浦和の塔の方に走り去った。先程熱心にAと交わした「芸術論」が急に空論に思えた。

後日、Aが十数枚のモノクロ写真を私の行きつけの喫茶店に持ってきた。雑草の白い花が目の前に広がり、人物が「食われている」ように思えた。「私」より白い花の群生が思い切り存在を主張していた。

今、あの雑草は消え、立派な木が植えられている。

浦添城跡や浦和の塔が昔のように私のイメージをふくらませないのはなぜだろうか。もしかすると、荒涼とした丘をおおった雑草が多くを語っていたのだろうか。

（沖縄タイムス　２００４年３月２１日）

バレーボール

小学生のころ、耳が大きかったからか「ロバの耳」とあだ名を付けられた。ロバのように（?）目の前にあるものは何でも飛び越した。生け垣も、積まれた荷物も、えんどう豆をはわせた竹の棚も、座っている下級生の頭も軽々と飛び越した。

一度、校舎の屋上に座り、おしゃべりしていた女生徒の頭の上を飛んだ。すぐ顔を強ばらせた彼女たちに呼び止められ、こっぴどくなじられた。

この妙な高跳びは中学に入り、バレーボールを始めたとたん、影をひそめた。入部のきっかけはよく覚えていないが、ところかまわずジャンプする習性を活《い》かすためだったのだろうか、と今思う。

中学三年の修学旅行先は北部だった。バレーボール部は日程を調整し、本部の崎本部中と親善試合をした。浦添の仲西中は那覇地区の覇者だから、事前に申し込んでおいたと相手チームのキャプテンが言った。崎本部中は強豪の評判はなく、私たちは「胸を貸す」つもりだったが、いざ対戦してみると、野性味にあふれ、ヨメナイ動きをし、どこにボールがいくのかわからず、すっかり翻弄《ほんろう》された。

中学何年生の時だったか忘れたが、名護のオリオンビールの女子チームとも炎天下、親善試合をした。大人だが女だ、と軽く見ていたのだが、いざ試合になると、練習前のなごやかな雰囲気とはうってかわり、男まさりのドライブサーブやスパイクを打ち込んできた。私たちはびっくりし、必死に防戦につとめた。相手チームの形相の凄さはまだ彷沸《ほうふつ》するが、勝敗がどうなったのかは記憶から消えている。

運よく高校入試に合格し、中学最後の春休みを満喫していた時、「○月○日○時に首里高校の○○に会いに来られたし」という意味合いのはがきが届いた。たまたま傍にいた友人に見せたら、「合格の取り消しかもしれない。時々ある」と気の毒そうに言った。

高校に出かけた。春休みの職員室にはだれもいなかった。悪戯かと思った。まもなく、痩《や》せているが、筋肉質の男性教諭がニコニコしながら現れ、丁寧に私に声をかけた。「不合格のショックを和らげようとしているのだろうか」と思った。バレーボール部の監督という、この教諭は私を勧誘した。

翌日から新二年生、新三年生の部員に混じり、練習を始めた。四月に入り、入部してきた（私と同年の）一年生に「先輩、先輩」と声をかけられた。

車のタイヤをくくりつけたロープを腰に巻き、土煙をたてながらコートの周りを走ったり、ウサギ跳びで階段を上がったりする練習も苦にならなかった。

東京オリンピックの「東洋の魔女」が生み出した回転レシーブに私たちは熱中し、「カタグァー（かっこう）つける」ためにむやみやたらに回転した。また胸からスライディングする技もカッコよくうつり、しなくてもいいスライディングをやり、よくネットの支柱に頭をぶつけた。

回転レシーブは右に左に目が回るくらい、スライディングは胸の皮がむけるくらい練習をした。練習用のシャツは生地がうすくなり、しまいには破けた。見かねた女子のバレーボール部員が男子全員に厚い生地の胸当てをプレゼントした。

二四、五歳のころ、肺結核に罹《かか》り、一年間入院した。

退院した後、顔が太り、比較的ロバの耳は小さくなったが、ジャンプ力も消えていた。体を動かすのがすっかり億劫《おっくう》になり、以来数十年間、バレーボールのみならず運動とは無縁になっている。

運動しなくなった代わりにいろいろと想像を巡らす癖がついた。

まもなく、紙に書き記すようになり、いつのまにか小説を書き始めた。

（沖縄タイムス　2005年3月20日）

食べ物

過剰な食生活の反映なのか、市町村主催のマラソン大会に数えきれないくらいの人が参加している。

「アレを食べてはいけない」「コレも食べてはならない」「太る」「病気になる」。食べ物を忌み嫌っているような声が氾濫している。

私は身長がほどほどあるから、日頃ちゃんと食事を摂っていたはずだが、少年の頃の思い出は食べ物と結びついている。（小説を書く時は発見の喜びを希求するが）発見する喜びを最初に覚えたのは食べ物を見つけた瞬間だったような気がする。

熟したバンシルー（グアバ）、赤い山苺《いちご》、赤紫のテンニンカの実などを木々の間や藪《やぶ》の中に発見した時は夢見心地になり、ハブや蜂も頭から消え、食べたいという欲望の他に美や神秘をも感じた。

私たちは山や野では空腹だったが、家に帰れば食べ物にありつけた。しかし、石器時代の人は絶えず飢え死にの危険にさらされていたと思われる。食べ物を探し何万キロという距離を歩きながら常に死の恐怖や生の不安に襲われていただろう。歩きながら死んだ人も少なくなく、獣に食われる仲間の無残な姿も目撃したのではないだろうか。

何日も歩いた末に獲物を発見し、しとめた時はどのような精神状態になっただろうか。

歓喜し「神」ではなく、「獲物」自体に強い感謝の念が生じたのではないだろうか。（自分の命を保持する）食物自体を「本尊」のように扱い、祈りを捧《ささ》げたとも考えられる。

ラスコーの洞窟壁画も「獲物がたくさん捕れるように」と願い、描かれたという説が大方をしめているが、獲物（貴重な食べ物）自体に感謝の念、祈りを込め、描いたのではないだろうか。

狩猟道具等の発達により食べ物（獲物）が捕れるようになり、生活、精神にゆとりが生じ、食べ物に宿る命への尊厳は「人間」に向くようになったと思われる。

亡くなった人が獣に食べられないように埋葬を思いつき、埋葬場所に心、足が向くようになり、「死の認識」が芽生え、他生や死後の世界の概念が生まれたと推察できる。

最初は食べ物に感謝していたが、食べ物の背後にある大自然に、食べ物を創造した存在に祈るようになったのではないだろうか。

一方、生命を慈しむ精神は「美」も生み出し、人がさらに人らしくなったと思われる。

私たち小学生は大きな貝や、珍しい形の貝を取るとすぐには食べず、仲間に見せ、自慢した。割るのが惜しく、長い間、じっくりと眺め、手触りを楽しんだ。

沖縄の貝塚には形が美しく、びっくりするほど大型の貝がかなりある。このような貝は古代人の美的センスを刺激し、手を加えたら美しい装飾品になると自覚させたのではないだろうか。

貝塚は古代人の塵《ちり》捨て場というのが定説だが、人間に「自分の力」も知らしめたと考えられる。貝殻の量の多さに感嘆し、豊かな恵みをもたらした貝への感謝を抱いた人は同時に、このようにたくさんの食べ物を獲《と》った自分の力に目覚めただろう。

食べ物には石器時代の人々からめんめんと受け継がれている人間の根底のモノがあるように思える。

性欲や金銭欲は小説のテーマになるが、なぜ食欲（ラブレーのガルガンチュワ物語など例外はあるが）はならないのだろうか。

前世、来世、あるいは非人間界を書く場合、現代の思想よりも古事記よりもギリシャ神話よりも（根源の）石器時代の人の食べ物にまつわる魂を洞察し、想像力の包丁を駆使した方がいいようにも思える。

マラソンには健康と美と喜びを希求する他に「食べ物を求め、どこまでも歩く」という石器時代の人の潜在意識が流れているのではないだろうか。

（沖縄タイムス　2013年1月20日）

電柱

電柱の近くにガジュマルが生えていた。木陰にはいつもお年寄りたちが座り、私たち小学生はコールタールのような黒い塗料が塗られた、木製の電柱を囲んだ。お年寄りたちは長時間、ものも言わず、ぼんやりと私たちの陣とりを見ていた。山や海に行かない日は、数十メートル離れた二本の電柱を互いの「陣地」にし、点を取り合った。

陣とりに飽きると家からゴムカン（パチンコ）を持ち出し、電線にとまっている小鳥に小石を発射した。ほとんど命中しなかったが、たまに小石を餌と間違え、食いつこうとはばたいた瞬間、頭に当たり、落ちてきた。生きていたら竹のかごに入れ、養おうと思ったが、無残にも死んでいた。私たちは口々に何かつぶやきながら小鳥を花壇に運び、丁寧に埋めた。

合掌した後、また陣とりに夢中になった。日が暮れ、空腹になり、ようやく各々《おのおの》の家に散った。走り回った余韻が夕暮れにただよい、電柱は妙に寂しげに立っていた。

夏休みのある日、他の集落にある海に出かけた。たまたま仲間と一緒ではなく、一人きりだったが、存分に泳ぎ回り、体力を使い果たした。

帰りの道は気が遠くなるくらい長かった。喉が渇き、腹が減り、足は鉄の下駄（近所の青年が体を鍛えるために所有していた）を履いたように重く、頭はクラクラし、一瞬、電柱が水中の昆布のように曲がって見えた。

「（途中の家が）自分の家だったらどんなにいいだろう」「仲間がいたら気が紛れるのに」と何度も思った。

電柱は広くまっすぐな道に沿うように規則正しく数十本も立ち並んでいた。

電柱を目標にした。先を見ると「ミーウージー（気後れ）」する。ただ足元と最も近い電柱だけを見た。

あの電柱にたどり着いたら休もうと考えた。休めると思うとなんとなく力が蘇《よみがえ》った。

やっと着いた。だが、電柱に触れたが、歩みを止めず次の電柱をめざした。

初めは「到着した」電柱を数え、達成感を覚えたが、逆に疲れがたまるような気がし、やめた。

教科書に載っていた高村光太郎の詩の一節「僕の後ろに道はできる」が頭に浮かんだ。だが、こんなに歩いたんだと思うと急速に力が抜けるような気がし、後ろを振り返らなかった。（後年、この出来事を振り返り、どのような人も眼前の何かに集中し、人生を送っているのではないだろうかと思った）

ようやく家の近くに来た。昼間、通りを歩く人は少ないが、（陣とりに夢中になり、目に入らなかったのかもしれない）夕暮時は人の姿が目についた。

少し背中を曲げ、足取りも重く、仕事に疲れたような人。一日の仕事を終え、安堵《あんど》の表情を浮かべる人。私はこのような人たちに、どういうわけか心を打たれた。

夏休みの宿題に、夕暮時の三本の電柱を描いた。灰色や黒を基調にし、空の隅にほんの少し夕日の名残の薄い赤を塗った。

暗い夜も台風の日もちゃんと立っている（他の建物や木も立っているが）電柱の姿を想像し、また、息もたえだえに一本一本の電柱を目標に歩き続けた自分の姿を思い起こし、絵筆に心をこめた。

ところが、ああでもない、こうでもないと色を塗り重ねているうちに輪郭がぼやけ、電柱が巨大な管や、枯れた大木の幹のようになってしまった。

画面の両脇に描いた四角い家はドラム缶を大きくした石油タンクのようになり、私自身、このような風景は世の中に実在しないと思った。

夏休み明け、担任に「煙突からうすい煙が出ている様子がよく描けている」と誉《ほ》められ、なぜか苦労が報われたような気がした。


（沖縄タイムス　2013年3月17日）

紙芝居屋

紙芝居屋は自転車の荷台に厚みのある額縁を載せ、アイスケーキ（アイスキャンディー）売りと同じ時期に現れた。

下級生たちは「紙芝居ドォー（だよ）」と集落内を駆け回った。

おじさんは紙芝居を始める前に私たち小学生から何セントか徴収し、甘く平たい餅のような物をくれた。

顔色が悪く、目にも力がなく、痩せているせいか、おじさんは必ず木陰に入り、私たちは灼熱《しゃくねつ》の陽を浴び、顔を真っ赤にし、たたずんだ。

紙芝居の絵は丁重に描かれていたが、迫力はなかった。

物語の内容はおじさんの創作なのか、なじみがなく、血も沸き立たず、胸にひびかなかった。

話術に驚愕《きょうがく》した。ふつう紙芝居は何気《なにげ》なく絵の後ろに書いた文字を読むのだが、おじさんは私たちの顔を見ながら、表情も変えずに「解説」した。

ドスのきいた悪人の声や美女の叫び声も雨音や動物の鳴声も抑揚やリズムをつけ、本物そっくりに真似《まね》た。

ほんとうに一人の口から発せられているのか、信じがたく、おじさんの後ろに悪人や美女が隠れているのではないだろうかとさえ思った。

木の周りを奇妙な世界が取り巻いていた。

下級生たちは「またねぇ」「必ずだよぅ」と手をふりながら紙芝居屋の自転車を追いかけた。

私たちは木の下にとどまり、感想を言い合った。物語を自分の身（境遇）に置き換え、「夢」を仮託したのか、共感した人物や出来事はたいてい違っていた。

十人がリレー式に一つの話を耳打ちするという実験がある。しまいには一人目が耳打ちした帽子の「白」が「黒」になり、驢馬《ろば》に乗っていた「おばあさん」が「娘」に変わっていた。

誰も嘘《うそ》を言うつもりはないが、おのおのの潜在意識が投影されたのだという。人は話を面白くするために意識的無意識的に「尾びれ」をつける。

（作者不明の）古謡も歌いやすい（美しい響きを持つ）ように少しずつ人々が作り替えたと考えられる。「西遊記」（呉承恩・作）も人々が数十年、数百年かけ、話を変形し、面白くない部分は削《そ》ぎ落とし、面白い部分は誇張し、基底を成立させたと思われる。話を大きくする「楽しさ」は太古の人が既に獲得していたのではないだろうか。

夜、火を囲み、（発達した言語を有していた、いなかった、と諸説あるが）話し合う。これが極上の楽しみではなかっただろうか。この時、（さらに話をおもしろくするために）狩り損ねた一メートルの獲物を五メートルに拡大し、伝えたのではないだろうか。話す人も聞く人も想像力を駆使し、後世の「物語（文学）」の芽が発生したとも考えられる。

岩の壁画を前に（紙芝居屋のおじさんのように）内容を語る「詩人」がいたのではないだろうか、などと想像をたくましくする。

神々と人間が混在したギリシャ時代の白昼や、ヨーロッパの中世の長い冬の夜、吟遊詩人の語りが人々を陶酔させたと思われる。

近年、「目で読む」詩が多く、「耳で聴く」詩は少なくなっている。

現代の読者は文字からイメージを醸成する、深い所は文字でしか表現できないと考えているのだろうか。

たしかに日本語の字面は強いイメージを喚起するが、ただ「理に堕《お》ちず」音楽のように直截《ちょくせつ》、魂に届ける吟遊詩人の再登場も待たれる。

ミーニシが吹く頃、紙芝居屋は現れなくなった。

おじさんは病気になり、何種類もの声が出せなくなったのだろうか。

（沖縄タイムス　2013年5月19日）

浦添の丘

私が生まれた浦添《うらそえ》は琉球王朝発祥の地といわれている。発祥の地というのはたいていどこも伝説と史実が混ざっているものだが、琉球王朝の始祖・舜天《しゅんてん》も琉球の按司（あじ・地方豪族）の娘と平家に流された源為朝の子だと伝えられている。舜天の子、二代目英祖《えいそ》王は今「ゆーどれ（あるいは、よーどれ）」と呼ばれる墓に眠っている。この墓は隆起石灰岩の崖にあいた横穴に手を加え、出入口に四角い大きな石を積み、白い漆喰を表面に塗ってある。余談だが、私の『豚の報い』という単行本の口絵写真はこの墓を背景にしている。

この崖の上の丘には戦争中、日本軍の陣地壕があり、数千人の人が亡くなった。遺骨は終戦後まもなく自然壕の中に納められ、「浦和の塔」という慰霊塔が建った。丘の下に百余年前からある小学校の（当時の）生徒は「終戦直後、授業の中に遺骨収拾の時間があった」と語っていたが、浦添にかぎらず、生き残った沖縄の人々は飲まず食わずの中、何をさておいても亡くなった人々の慰霊に精魂を傾注した。

丘の西側には東支那海の海岸が広がっている。この海岸に沿い米軍は沖縄占領後まもなくキャンプキンザーという広大な基地を建設した。私の家はこの基地の近くにあり、少年の頃は米国のミニタウンのような雰囲気にとりこめられた。西部劇もどきに馬にのった米兵の背中にしがみつき、集落内をかけまわったりもした。

キャンプキンザーを囲った金網が切れた所に牧港《まきみなと》という、私が時折釣りに行く、少し入江になった港がある。あの「浦和の塔」が建っている丘には十三世紀に築かれた、沖縄では最古といわれる城の跡もある。この港は城跡から北西の方角にある。港の名は鎌倉に帰る源為朝に妻子が「お帰りをお待ちしております」と涙ながらに言った「待ち港」から転化したと伝えられている。語源はともかく、浦添が栄え、最初の王朝を築きえた第一の要因は、牧港を玄関口に、中国（明）との貿易から生じた巨万の富、というのが研究者の定説になっている。海のかなたからくる富は琉球の人々の気質を外に開けたものに変え、かなたの海から琉球を訪れるものは神だという思想を育んだ。浦添には獅子舞や棒術などの伝統芸能がある。このような伝統芸能は外国からの使節をもてなすために発展したという。だが、しだいに外国人より浦添の人々が自分自身を喜ばすようになり、徐々に気宇広大な性格が培われた。

伝統芸能は生き延びたが、形のあるものは壊れた。浦添の丘も立派な公園になった。

米軍の集中砲火を浴び、徹底的に焼かれた丘には長い間すすきや丈の短い雑木しか生えず、日差しは強かったのに、なぜか荒涼としていた。この世のものとはちがう雰囲気がかもしだされていた。だから、私は「ゆーどれ」を「ゆうれい」から転化したものだと長い間思っていた。「夕（ゆう）」と凪などの「なれ」から転化し「やすらぎ」「静けさ」などの意味をもち、「極楽」にも普遍するというのは成人してからわかった。

また、近所のフィリピン人に売るために罠を仕掛けマングースを捕った山も、米兵と一緒に軍隊用の強力な懐中電灯をつけ、入った戦争中につくられた避難壕も、高い枝に板を渡し、仲間だけの小屋をつくった戦争の生き残りのガジュマルの木もみんな消え、住居やスーパーマーケットやアパートに変わった。

城跡の周りにも立派な家が立ち並び、米軍基地より、対面した商店街のほうが夜も煌々と豊かな明かりが点っている。

だが、私は少年の頃は城跡と米軍基地に圧倒された。苛酷な時代と体験が小説の鋭い力になる時がある。私は強く刻みこまれた潜在意識を現実の状況とか問題とかにぶっつけるようにしている。すると、時には自分自身思いもよらないものが出てきたりする。浦添は小さな市だが、足元を深く掘りおこせば、幾重にも重なった時間が見え、考えしだいでは、小宇宙と化す。不思議な空間になる。
（ＡＲＣＡＳ　ＪＡＳ（日本エアシステム）機内誌　１９９６年9月）

第八章

祈りⅡ

海のかなたから

沖縄の人間のキャラクターには、海浜植物の木陰に横たわり、海風に吹かれながら、沖縄の風土が培ったカラッとした幻想的な夢をみる、というふうなイメージがある。

この白昼夢が潜在的な沖縄をよく表現するような気がする。優れた芸術・芸能は私たちを白昼夢の世界に引き込む。世界が深く、さまざまな時間に、空間に、人間のなんたるかに届いている。作者がみた夢を創ったというより、生々しい現実を凝縮したら、夢のようになっていたというふうに感じられる。

沖縄には海のかなたから来訪するものは神や幸だと考える思想がある。この思想は幸か不幸か、時代とともにますます固まり、海のかなたから災いが来たが、いっこうに懲りずに「海から来るものは幸だ」などと、たぶん潜在的にだろうが、かたくなに信じた。

昔から世界的に芸術・芸能は夢とか純粋とかが苛酷な現実に破れる悲劇を表現する手段でもあったようだが、ところが、沖縄の芸術・芸能には楽天的な気質が海風にあたりながら気持ちよくみている夢、と錯覚させるリアリティーが濃厚にあるように思える。

だが、日増しに肥え太る近代の合理主義が、否応なく沖縄の海を変えている。色とりどりの、さまざまな形の珊瑚が群生していた広大な原をコンクリートや土砂が埋めつくしてしまった。神々はこの珊瑚の原に魅了され、海のかなたからはるばるやってきた、と考える人々を失望の淵に突き落としてしまった。神々と同じように毎年春先何百頭も浜に寄ってきたヒートゥ（ゴンドウクジラ）は何年か前からめっきりと威風堂々たる姿をみせなくなった。

今後、沖縄に生まれ、生きていく人々は、海のかなたから神が幸をはこんでくるという琉球王国時代からの人々の夢を、ばかげた話だと一蹴しないだろうか。

芸術・芸能が生まれる秘密はよくわからないが、もしかすると、作者と芸術・芸能を結びつけているものは、失われていく美しいものを耐えがたく惜しむ、純なものが不純なものに変る無念の心境、感性なのかもしれない、とふと思う。

このような心境や感性を武器に時代や社会のどろどろとした、どうしようもないものに果敢に挑んでいくのが芸術・芸能なのだろうか、と考えたりする。

（うらそえ文藝　１９９７年４月）

インドの境界

インドの道では（大都会は別だが）自動車も人も馬車も牛も象も人力車もアヒルもおたがいに譲りあい、避けながら通っていた。ある所では右にも左にも、縦にも横にも思い思いに進んでいた。不思議とぶつかったりしなかった。むしろ、わりと整備された長距離道路などでひっくりかえっている車をよく見た。

私たちが乗ったバスの窓の下には数十メートルもある崖が続いていたが、道路には柵がなかった。インド人の運転手の表情はよくわからなかったが、「注意深く運転すればどうってことはないじゃないか。注意しておけば、人間はめったに危険な目にあうもんじゃない」というふうにも見えた。妙なゆとりがあった。転落するのは柵がないからではなく、運転している自分が悪いという目だった。

象に乗ってある古城に登った時も象の足元は数十メートルはあろうかという崖になっていた。道は狭く、下りてくる象や車などとすれちがうので、象はずっと崖っぷちを歩いた。

象は鼻も背中も左右にゆするし、私はホテルで飲んだ前夜の酒が残っていて、妙に体に力がはいらず、象の背中というのは石のように硬く、滑り落ちそうになった。有名な観光地なのだが、やはり柵はなかった。「危険ですから足元に注意してください」などという看板さえも立っていなかった。子供の時から注意深く行動する習慣をつければ、柵があろうがなかろうが、けがなどするもんじゃないという考えだ。

よく見ると、ほとんど、どこにも境界というものがなかった。家の中は土間で、庭との境界がなく、庭には囲いがなく、道とつながっていた。畑も家の庭と境目がなく、つまり、家が庭に、庭が畑に、畑が山や地平線に、山や地平線が空に、無限というものにつながっているような感じになっていた。無限が見えるというのは神の恩寵なりを感じさせるのかもしれない。考えようによっては、見渡せる山の端まで自分の庭のように、自分のもののように、心のように、自分の一部のように感じてしまうのかもしれない。だから家や庭に囲いや柵がないというのは非常にちっぽけな事実だが、非常に偉大なものにつながっているのかもしれない。

これと似たような感動を私は昔体験した。幼いころ、台風の翌朝、私は学校を休んで、どこまでも歩き続けたものだ。これまで日ごろ、目の前にあった、板塀や木や茅《かや》葺きの家の壁などが吹き飛ばされ、昨日までとはまったく違った世界が目の前に広がり、私は目をみはって、新鮮な驚きにつき動かされ、学校の授業どころではなくなったのだ。

私はインドから帰ってきた時から、川岸や海岸に分厚いコンクリートがどこまでも固められたり、道という道に無数の柵やガードレールがたてられたりしている我が郷土を目のあたりにしてあ然とするようになった。道にも白線や矢印などがくっきりと描かれている。

運転手は相手の車や通行人には気をくばらずに、矢印の指示通り進み、停止線できちんと止まる。交通法規で決められた優先権があると相手にまったく気くばりもせずに鼻高々に無謀な運転をする。境というのは空間だけでなく、自分自身を狭っ苦しくしている自分自身の中の境でもないだろうかなどと考えたりもするのだ。毎日見るものは必ず心の中に影響を与える。風景に境界がなければ心の中にも境界は生じない。

インドでは人々は昼食後、どこにでも寝ていた。木陰、軒下、停車している馬車の下など、影が生じている所には人も犬も牛も寝ていた。影さえあれば寝れるじゃないか、と言う感じだった。寝るのは寝室で、しかもクーラーがなければ眠れない、まくらが変わったらどうのこうのとつべこべ言い、アルコールをのんだりする人とは別次元の話だ。

もっとも影の中でインド人は、寝てばかりいたのではなく、寝ている人の傍らには食事をしている人も、話をしている人も、瞑想にふけっている人もいた。食べたいから食べる、寝たいから寝る、仕事や勉強をしたいからする、という感じだった。食べたくもないのに、コマーシャルなどで巧みに食べさせられ、眠りたいのに深夜テレビや世間づきあいで起こされ、やりたいのに見栄でやれない私とはやはり次元が違っている。

もちろん、インドにも見栄っぱりの人もいるだろうが、ただ、風景に柵や囲いのないインド人にはおのずから自分と他人を遮断しない潜在意識がうえつけられているのではないだろうか、などと考えた。人と人との心に境がないということだ。

（「朝日新聞」２月８日、日本エッセイスト・クラブ編'97ベスト・エッセイ集、「司馬さんの大阪弁」　文藝春秋刊）

時空超えた沖縄

心に安らぎを与えるのは小さいものを広く、或いは無限に見せる風景ではないだろうか、と思ったりする。

子供の頃《ころ》の遊び場だった珊瑚《さんご》礁の原には色や形や生態が様々な生物が固まり、或いは点在し、小宇宙を象《かたど》っていた。

透き通り、陽にキラキラ輝いている水中には生きているのか石なのかわからない生物も少なくなく、無から有が生まれる途上のように錯覚した。

「無尽蔵」も実感した。珊瑚礁の原に開いた穴（礁池《しょうち》）に住んでいるミーバイ（はた）は餌を沈めたとたん、飛び付いた。驚喜しながら全部釣り上げた。だが、翌日には同じ穴に何十匹も住み着いていた。貝やタコも獲《と》り尽くしたが、何日もしないうちにまた同じ場所に這《は》い出ていた。初夏にはスク（あいごの稚魚）が銀色の腹を光らせながら珊瑚礁の浅瀬を真っ黒に埋めた。集落中の人がザルや網を手に手に出てきた。しかし、翌日もスクは大挙押し寄せてきた。

はっきりしない境目というのも風景を広大に見せているのではないだろうか。満潮になると海になり、干潮になると陸になる珊瑚礁の原は時々ふと「無限」を錯覚させた。

珊瑚礁の原を上がると、棒珊瑚のかけらが混じった砂浜になり、砂浜は土が混じった海浜の道になり、道は雑草や野菜が生えた原っぱや畑になった。

海浜植物も水際のハマニガナ、砂地のシマアザミ、岩のモクピャコウ（イシヂク）、土のオオハマボウ（ユウナ）などと徐々に変わり、動物も砂にはヤドカリ、隆起珊瑚礁の岩の窪《くぼ》みにはフナムシ（カーミンプー）、岩礁の台地にはコンペイトウガイなどが住み着いていた。

あの頃は、隣の集落の友人をよく訪ねた。

曲がりくねった海岸線の道に岩や植物が迫り出し、先が見えなかった。曲がるたびに松やアダンの群生、奇妙な岩、砂浜、珊瑚礁など変わった風景が目に飛び込んだ。

何度も通う道だったが、この道はどこまでも続いているという錯覚に陥ったりした。

　私たちの集落と隣の集落とは二キロほどしか離れていないが、畑や、野山が間に横たわっていた。昆虫を取ったり、花の蜜《みつ》を吸ったり、木の実をもいだり、小鳥の巣を覗《のぞ》いたり、釣り竿《ざお》にする竹を切ったり、魚の餌にするヤドカリをポケットにつっこんだり、岩から浸《し》みだす水を飲んだりしながら友人の家に向った。

　各集落は個性があり、足を踏み入ると、どこか変わった風景に取り囲まれた。風の香りも違っていた。

「G集落の人はウーマク（わんぱく）」だとか「Y集落の人はガージュー（根性がある）」などと、気質も違っていた。

　私たちと老人たちは暑さしのぎにしょっちゅう風が吹いている集落の中心にある高台に上がり、海を眺めた。

　数十年前の子供の時分と同じ潮風に包まれながら老人たちは、私たちに「おまえのひいおじいは綱引きの旗持ちの名人だった」「君のおじいは村一番相撲が強かった」とか「あんたのおばぁはとてもチュラカーギー（美人）で、噂《うわさ》は遠くまで響き渡っていた」などと私たちの先祖の話をした。

死んだ人があたかも目の前にいるかのようにしみじみと話す老人たちの顔には、自分が死んだ後も人々に忘れられない、語り継がれるという何ともいえない表情がただよっていた。

私は小説を書く時、このような原風景を核にしている。

子供の頃のあの心境はおさえがたく、小さいものが広く見えた、境目のない風景をなんとか再現しようと懸命になっている。

（東京新聞（夕刊）2003年7月16日）

ガジュマルと菩提樹

家の近くの御願所に広場をおおいかくすほどの一本のガジュマルが生えている。数十年前、私たち小学生は蝉《せみ》や木登りトカゲや小鳥を捕り、ターザンや猿の真似《まね》をし、枝と枝に渡した戸板にたむろした。

中学生の先輩が、居眠りしたらキジムナーが現れると言ったが、病葉や枯れ葉が地面を転がる音を聞きながらうつらうつらしても、ぐっすり寝入ってもキジムナーどころか夢さえ見なかった。

私はよく戸板に寝そべり、貸し本屋や友人から借りた雑誌や本を読んだ。ときおり木漏れ日が目にささったが、木の周りに集まる風や涼気は心地よく、物語が頭にしみこんだ。

西遊記の孫悟空の活躍は記憶に残っている。とりわけ、名前を呼ばれ、返事をするとあっというまに瓢箪《ひょうたん》の中に吸い込まれ、溶けてしまう場面や、孫悟空が愛用の雲に乗り、得意げに飛ばしに飛ばし、何千里もかなたの五つの大岩にサインをし、お釈迦《しゃか》さまに自分の力を誇示したが、じつは大岩はお釈迦さまの指だったというくだりは何度も読み返し、雑誌を顔に乗せ、頭に浮かぶ映像を楽しんだ。

現在、このガジュマルは浦添市指定文化財（天然記念物）にもなっているが、少年少女は現れず、風景は昔とほとんど同じだが、妙に空っぽになっている。

夏、インド出身の友人・B氏から「インド巡礼と聖なる菩提樹《ぼだいじゅ》拝受の旅九日間のツアー」に誘われた。巡礼や菩提樹拝受というのは何なのかわからなかったが、学生時代、世界の古代史をかじった私は参加を申し込んだ。

「苦行で骸骨に皮をはったようになったシャカ族のシッダルタはスジャータという

村娘が差し出したミルク粥で息を吹き返し、ブッダガヤの菩提樹の下で悟りを開きました」と現地のガイドは説明した。

ガンジス川沿いの野原、畑の近く、小さい集落の入り口、大きな池のほとり、一本道の傍らにポツンと、しかし幹や枝ぶりが見事な菩提樹の巨木が生えていた。灼熱《しゃくねつ》の下を長時間歩いてきた人々にはこの大木自体が救いではなかっただろうか、とぼんやり思った。旱魃《かんばつ》の時、わずかに残った水溜《みずた》まりにいろいろな水棲動物《すいせいどうぶつ》が寄り集まるように、菩提樹の下にさまざまな民族、階層、また動物たちが集まったのではないだろうか。

古代のような美しい田舎道を数時間、バスにゆられた。うとうとしかけるたびにバスの車輪が道の穴ぼこに落ち、目が覚め、また車窓の菩提樹を見た。

三日目、私たちはシッダルタが悟りを開き、ブッダ（仏陀）になった菩提樹の前に座った。飾り立てられた菩提樹のすぐ左側から巨大な石造寺院が、右側からは石の囲いが迫っていた。木自体の威厳や崇高さはむしろ、野や畑の中にポツンと生えていた菩提樹のほうがあると感じた。

しかし、風を呼び集め、カラカラと鳴る、乾いた不思議な葉音を聞きながら、この木の下から（座っているまさにここから）盂蘭盆会《うらぼんえ》、エイサー、聖徳太子、奈良の大仏、祇園精舎、バーミアンの大仏、竜門の石窟《せっくつ》仏、キジル千仏洞の仏画、ガンダーラ、空海…何千、何万という歴史の事象が始まったと思い、興奮した。

シッダルタが悟りを開いたブッダガヤの菩提樹の分け木を紀元前三世紀、インドを統一したマウリア王朝のアショーカ王の皇女ビククーニ・サンガミッタがスリランカのアヌラダプラに植えたという。このスリランカの木から分けた木を一九三一年、ボデイサットヴァ・アナガリカ大師という人がブッダが最初に説法したサールナートに植えたという。今回、Ｂ氏やＮ医師はこのサールナートから分けた木を沖縄に持ち帰り、植えるという。

私の「空っぽの風景」の中にニョキッと新しい風景が現れたような気がし、来春、沖縄本島南部に植樹されたらとにかく見に行こうと考えている。

（沖縄タイムス　２００３年１１月１６日）

三郎兄さんのエイサー

旧暦の七月一五日の盆の夜、ウークイ（精霊送り）が終わると、私たち小学生はすぐ外に飛び出した。三線《さんしん》や太鼓の音や、「エイサー、エイサー、スリサーサー」の囃子《はやし》が流れてくる方向に走った。あちらこちらの暗い路地から少しずつ人が増え、いつのまにか集団になり、ぞろぞろと進んだ。たくさんの犬がいつもと違う鳴き方をした。「犬は人間には見えないものを感じるんだ、みんな手を合わせて、歩け」と中学三年生の三郎兄さんが私たちに言った。私たちは馬鹿《ばか》らしい気もしたが、日頃《ひごろ》から物知りの上、恐《こわ》い話はおどろおどろしく、悲しい話はしんみりと話し聞かせる三郎兄さんの妙な雰囲気にのみこまれた。三郎兄さんと私たち五人は、合掌したまま歩いた。たむろしている大人たちが怪訝《けげん》そうに見た。「エイサーはグソー（あの世）の人に見せるためにやるんだ。おまえたちの家族が、あの薄暗い所にいないか見てみろ」と三郎兄さんは言った。私たちは合掌をやめ、目をこらした。「ぼくたちは戦後生まれだから、戦死した身内は知らないよな。第一、ウークイをしたから、もう先祖はみんなグソーに帰ったんだろう?なんで、またエイサーで呼び戻したりするんだ」と同級生の和夫が私にささやいた。理に適《かな》っていると私は思ったが、誰《だれ》も三郎兄さんには何も言わなかった。

外灯の明かりの落ちた大きい通りに来た、私たちの集落の青年男女二十数人のエイサー隊はしばらく二列になったまま立ちつくしていたが、まもなく三線を弾き鳴らし、太鼓を打ち、歌い、踊りだした。石垣の上や赤瓦《あかがわら》の屋根の上からも子供たちが見ていた。門の脇《わき》には百歳近い老人たちが座っていた。「エイサーの中におまえたちが知らない者はいないか？」と三郎兄さんが真剣に聞いた。「……三線、弾いている者の中に一人、太鼓をたたいている者の中に三人、踊っている女の中に二人。あの者たちは俺《おれ》は知らん。だが、前に見た覚えはある」。三郎兄さんは三線を弾いている者は誰々の長男だが、戦争にとられてサイパンで戦死したとか、踊っている女は十三歳で沖縄本島最南端の崖《がけ》から海に飛び込んで死体が上がらないどこの家の長女だとか私たちに声を落とし言った。「よく顔をみてみろ。今生きている兄弟たちとどこか似ているだろう？」と言われた私たちは食い入るように見た。似ているといえば似ているし、違うといえば違うように思えた。なにか薄気味悪くなり、私は勇ましく太鼓をたたいている近所の青年たちを見つめた。いつもは仕事より闘鶏に夢中になったり、酒を酌み交わし騒ぐだけの青年たちが、今は妙にたくましく思えた。

三郎兄さんの迫るような話し方は沖縄芝居の名優をほうふつさせ、私たちをとりこにしたが、中学卒業後まもなく、家族や親戚《しんせき》と一緒にブラジルに移民するという噂《うわさ》が耳に入った。「三郎兄さんはブラジルには行きたくないけど、大家族で生活がたいへんだから、しかたがないそうだ」と日頃よく「三郎兄さんの話の半分は作り物だ」と舌打ちをしていた和夫は妙にしみじみと私に言った。ブラジルに移民した三郎兄さんは十数年後に死んだという。

今年の夏、和夫とビールを飲みながらグラウンドいっぱいに繰り広げられる色々なチームのエイサーを見ていた私は何とはなしに昔、和夫と聞いた「エイサーの中に何人かの戦死者がいる」という三郎兄さんの話をした。「あれは他の集落から応援に来た人たちだよ。技術を向上させるために踊りや太鼓の巧《うま》い人を雇ったんだよ。ユウレイたちは顔見知りの青年たちより三線も太鼓も巧かっただろう?」と言った和夫は急に口をつぐみ、一点を凝視した。「……三郎兄さんが太鼓をたたいているよ」と和夫はつぶやき、グラウンドのＧ通り会チームを指さした。私は自分の目を疑った。たしかに三郎兄さんが太鼓をたたいている。

三郎兄さんが死んだというのは嘘《うそ》だったんだろうか。もし生きていたとしても五十代の後半になっているはずだが、今太鼓をたたきながら退場口に向かう三郎兄さんは二十歳前後にしか見えない。死んだ三郎兄さんはブラジルから今頃沖縄に帰ってきたんだろうか。

G通り会チームが退場口に消えた時、私は「三郎兄さんだった……」と和夫に言った。「よく似ていたな」と和夫はニヤッと笑った。「血は争えないな。三郎兄さんの孫だよ。南米の沖縄出身の子弟に、専門知識や技能習得の機会を与える行政の事業で、ブラジルからやってきたんだ」「……」「ブラジルで三郎兄さんは死んだが、家族は成功して、あの孫もブラジルに永住するそうだ」と和夫はなつかしそうに言った。私の脳裏に四十数年前のめったに見せない三郎兄さんの笑顔が浮かんだ。


（しんぶん赤旗　２００１年８月１０日）

エイサー隊の謎

今年の旧盆は久々に九月にすべりこんだ。亡くなった人たちを送り返すというエイサーは観光客の人気を博し、強いライト（昼は太陽）を浴び、毎日のように行われている。

少年の頃のエイサーは太鼓の音と歌がどこから聞こえてくるのかわからなかった。ウンケー（迎え）の夜にもエイサー隊は来たのだろうか。亡くなった人たちは太鼓の音をたよりに生まれジマ（集落）に降り立ち、おのおのの家に向かうと私たちは噂しあっていた。

エイサー隊の一人一人の顔をじっくり見た。同じ集落の青年たちだが、いつもの色黒の顔が紫色に変わり、妙にとりすまし別人のように見えた。

私たちは「エイサーには亡くなった人が一人必ず参加している」と信じていた。私は目をこらし、「亡くなった人」は誰だろうと探した。

やせた太鼓打ちの青年が怪しかった。「いつ亡くなったのだろうか」と考えると急に恐くなり、思わず手を合わせた。数日前に遊んだはずだが…間違いなくどこかが違っていた。

エイサー隊が外灯に照らされた。やはり日頃のあの青年ではなかった。

いつもはうるさいくらいに私たちに話しかけるが、すぐ近くにいるのに、私たちを無視し、目を見張り、顔を紅潮させ、太鼓を打ち鳴らしている。どこがどうというわけではないが、神々しい感じがした。

太鼓を叩いているうちにやせた青年の中からもう一人のやせた青年が現われ出たのではないだろうか。

私ははっとした。やせた青年の戦死した父親がのりうつり、一緒に太鼓を叩いているのではないだろうか。

私は息をつめた。

太鼓を打ち鳴らし、歌い、踊り、変に大騒ぎをしているエイサー隊は全員あの世の人ではないだろうか。あの世の人たちがこの世の人たちを楽しませている、という神秘と不気味さを感じた。

エイサー隊は坂を上り、下り、路地や中通りや広場を練り歩いた。外灯や商店の灯りに照らされたり、木の下や闇に入ったり…小さい集落の中を、何かいとおしむように存分に歩き回った。

先祖を深く敬い、供養し、喜ばせながら、自分たちも喜んでいた。

小さい集落だが、ここに生まれ、生き、亡くなった人は無数にいる。

いつもと違う大きな空気が流れているのは、エイサー隊の後ろに亡くなった人が陸続とついてきているからではないだろうか。

どのような人がいかなる人生を送ったのだろうか。私はぼんやりと考えながらどこまでもエイサー隊の後を追った。

ウークイ（送り）の夜、エイサーの太鼓の音は耳をつんざくばかりに大きく響いた。

この世の人があの世に帰ろうとしない人を急かしているというが、この世に未練を残さないように自分自身を叱りとばしながら亡くなった人が打ち鳴らしているのではないだろうか。

何とも表現のしようのない肉親の顔を見ると（あの世に）帰りたがらないのは無理もないと思われる。

帰らないと生きている人（肉親）は「あなたはもっと生きたかったのね」と胸をかきむしる…。このような肉親の姿をまのあたりにし、亡くなった人は自分の魂を鎮め、帰路につくのではないだろうか。

エイサー隊は二日前に現われた暗い路地に押し合い圧し合いするように消えていった。昼間私が頻繁に通うこの路地は、年に一度だけ、はるかなるあの世に延びると思った。

翌日、どこからともなくかすかに、しかし、はっきりと秋風が吹いていた。


（沖縄タイムス　２００９年９月２０日）

埋葬

大河の流域ではなく、小さい島に文明（とまでは言えないかもしれないが）が栄えた例もある。マルタ島にはエジプトのピラミッドより千年以上も古い、数十の巨石神殿があるという。

文明の源は宗教施設を基盤にした国家だったのではないだろうか。

私の家の貸家に軍雇用員の夫婦が住んでいた。夏休みに夫婦の親戚のAが那覇から遊びに来た。同い年（小学五年）のせいか、気が合った。

Aは毎日のように泊まり、朝から私と山や野や畑に昆虫捕りに出かけた。Aは畑の隅の肥だめに落ちかけたり、山苺の刺に刺されながら、脇目もふらずにトンボやバッタを追った。那覇には昆虫はいないのだろうと私は思った。

Aは昆虫を飼育したが、死ぬと私の庭のマツバボタン、ガーベラ、百日草などをかきわけ、土を掘り、埋めた。

近くに雑草の生えた広場があるのに、と私は思ったが、何も言わなかった。花を引き抜くわけではないし、むしろ「花の成長に貢献する」と考えた。

Aはお椀を伏せたような土に墓標のつもりか小枝を垂直に立てた。

ある日、Aの弟もやってきた。二人は花壇に何匹かの昆虫を埋め、指さしながら墓標を立てた。

私の遊び仲間も集まり、「那覇はやはりちがうな」「墓を指さすと指が腐れるよ」「埋めなければ蟻や蠅がつくからな」などと言いながら二人の所作を観察した。

A兄弟は路上や木の下に息絶えていた熊蝉も埋葬した。日増しに花壇に墓標が増え、夏休みの終わり頃には花の数を凌駕した。

秋になり、A兄弟は現れなくなった。墓標の小枝は台風や雨にみまわれ、子犬にけちらされ、全部倒れた。小枝より石を置けば良かったのにと私は思った。Aが昆虫を花壇に埋め、丁寧に小枝を立てる様子は昆虫に花を手向けているようにも見えた。

ネアンデルタール人は死者を埋葬する際、傍らに花をそえたという。埋葬するとなぜか安堵するのはネアンデルタール人の遺伝子が現代人につながっているからだろうか。

文明発祥の要因は治水、農耕、牧畜、交易、戦争など諸説ある。このような要因以前にまず、ある一カ所に大勢の人が集まったのではないだろうかと思う。ネアンデルタール人は（花をそえるくらいだから）死者のために大勢が集まった（個人とか他人とかを明確に意識するのは文明発祥後ではないだろうか）と想像できるし、手際よく事を運ぶために手順、葬儀の形、意義、指導する人などが生まれたと推測できる。

徐々に埋葬場所は生活の拠点になり、人々はここから狩りや採集に出かけ、ここに戻るようになったのではないだろうか。

往復しているうちに牧畜や農業を発見（発明）し、定住するようになったのではないだろうか。

各集落から埋葬、火葬、自然葬に最適な場所に人が集まり、住み着くようになり、商売が始まり、町となり、町は葬儀を強化、拡大し、ますます人口が増加し、ついに都市になり、都市機能は葬儀を取り扱う人に特権を与え、国に発展したのではないだろうか。

冬休みの頃には、花壇のどこに昆虫を埋葬したのか、すっかりわからなくなった。A兄弟は埋葬した場所をはっきり示すために「墓標」を立てたのだろうか。ネアンデルタール人は埋葬場所に（Aたちのように）小枝を置いたのだろうか。

小枝がしだいに石になり、石柱になり、死者に対する飛躍的な強固な観念（宗教）が生まれ、神殿になったとも考えられる。

（沖縄タイムス　2011年3月20日）

療養

本土復帰の翌年の五月、金武の海岸近くの結核療養所に入院した。

長年の夜更かしがたたったのか、ある日突然、血痰が出た。近くの医院から保健所にまわされた。

小学校の頃は陸上、中学や高校の時はバレーボールに熱中した、病気知らずの私には「長期入院」という医師の声が冗談のように聞こえた。

新聞もなく、テレビやラジオの視聴も制限された。一日がものすごく長く、病室にじっとできなかった。

療養所の中庭のベンチに時折、不思議な老人が現れ、新米の私によく話しかけた。ひどく痩せ、顔色も悪く、さほど長生きできないだろうと思ったが、老人の声には選挙演説のような勢いがあった。

私と同室の人の話では、老人は北部の離島の漁師だという。

ある日、老人は「昨日の夜十二時前、若い女が死んだ。遺体を運ぶ手押し車の音が聞こえなかったか？　死の前には老いも若いもない」と言った。

特別病棟に入った患者は亡くなるという噂は私の耳にも入っていた。

一般病棟にいる老人に聞こえたのなら、あの時間まだ起きていた私にも聞こえたはずだが、何の物音もしなかった。

老人は「若者より先に年寄りが死ぬとは絶対に言えない」「死は年寄りには徐々に訪れるが、若者には突然来る」「百歳の年寄りより先に赤ん坊が死ぬ場合もある」などとまくしたてるように言った。

「寿命は運が決める」という老人に、何が運を決めるのか、聞いたが、「運は運がつきた後に決まる」とわかりにくい、禅問答のような答しか返ってこなかった。

たしかに戦争では若者の方がより多く命を落としたように思える。産業事故や海難事故に巻き込まれる年寄りは若者より少ないのではないだろうか。

「二十年前だったら助からなかった」という医師の言葉が蘇った。昭和二八年当時なら六歳…六歳の時、私の寿命は尽きていたのだろうか。

ふと、弟の面影が浮かんだ。

昭和三二年に生まれた弟は健康優良児の表彰も受けたが、二歳の頃、脳性小児麻痺に罹った。

顔が美しく、高音が澄み、信じられないくらい歌が上手だった弟は、ラジオから流れる琉球民謡、歌謡曲、童謡をすぐに覚えた。病気が治り、大人になったら（歌に限らず）必ず大成するだろうと何度も思った。

当時の大病院にかかり、東大病院にも行ったが、私の大学入学直前に亡くなり、卒業後三年目には私が（戦前は不治の病と言われた）肺結核を患ってしまった。

死と隣り合わせの生の中にすべての人はいる。このような感慨を抱いた私は療養所の清掃や炊事のおばさん、網を担いだ漁師、野菜を乗せた一輪車を押す農夫など、人間がいとおしくなり、思いを込め、見つめるようになった。

「日々のいとおしい命」を書き留めたくなり、日記をつけ始めた。「捕まえた蟹を頭の上に這わせた」「白い割烹着に白頭巾姿の炊事のおばさんが、長いパーマ髪を背中にたらし、スカートを着け、夕暮れの中家路を急いでいた。別人に思えた」など他愛無い数行の記述だったが、しだいに思索や心情が加わり、ノート三、四枚に及ぶ長文になった。

日記帳は退院後、いつのまにか紛失してしまったが、書く習慣や想像する傾向は残っていた。小説を書き始め（小説に吸収されたように）日記は一切書かなくなった。

書き上げた一三〇枚の、老漁師と少女の物語に「海は蒼く」とタイトルをつけ、新設された第一回新沖縄文学賞に応募した。

（沖縄タイムス　2012年5月20日）

沖縄の旅とシーサー

琉球王朝の夢の跡

少年の頃、仲間と昆虫や木の実を探しながら、野山を歩いた。歩き疲れた時に丘に登るのは苦痛だが、私たちの足はしらずしらずのうちに丘を登り、浦添城跡にたどり着いていた。十三世紀に、琉球王朝が発祥したといわれている城だが、石垣などは地下に埋まり、地表には雑草や雑木しかなかった。

何年か後、私は首里高校に通った。連日のように近くの玉陵《たまうどうん》という王家の墓の境内に入り、弁当を食べ、昼寝をした。詩集を読んだり、ものおもいにふけったりする女生徒たちもいた。

進学した、本土復帰前の琉球大学は首里城（今は復元されているが）の城跡に建っていた。毎日、守礼門をくぐり、城壁を見ながら石段を登り降りした。

このように城と関わりのある日常だったせいか、今でも城跡には心が誘われる。時々、ぶらりと出かけたりする。

先日も小さな松林をぬけ、護佐丸《ごさまる》が十五世紀の初期に築いた、読谷村《よみたんそん》の座喜味《ざきみ》城跡に登った。護佐丸は歴史的にも名高く、ライバルの勝連《かつれん》城主の阿麻和利《あまわり》との劇的な史実を基に「二童敵討」という組踊《くみおどり》も創られている。護佐丸はのちに中城《なかぐすく》に移り、中城城も築いた。

アーチ状の石門や石垣は丘の起伏に沿い、微妙な曲線をおび、バランスを保ち、本土のとも中国のともちがう独創的な個性があるが、学生の頃は気づかなかった。

座喜味城に限らず、琉球の城には祈願所があり、国王の妻や姉妹などが先頭に立ち、戦勝や国の安泰を祈願したという。女は神事、男は政治という役割を担ったという。このような祈願所に今でも沖縄の女性たちが何か心配事やあの世の人への報告がある時に訪れている。

懸命に戦勝祈願をするから築城には手をぬいてもいいと考えたわけでもないだろうが、敵を監視する石垣の上の櫓《やぐら》（首里城に復元されたが）もこぢんまりとし、威圧感がなく、むしろ、外国からの使節団に優雅さを誇示しているように見える。

座喜味城の石垣の上からは四方八方が見渡せる。沿岸の青い水面の下には珊瑚礁が広がっている。東支那海の水平線には半島や島々が浮かんでいる。私の中では長い間、目も醒めるような亜熱帯の海の鮮やかな色と琉球王国の時代とは結びつかなかった。

たぶん、少年の頃、よく見た、琉球王国を舞台にした映画が白黒の上、海のシーンが滅多に出てこなかったせいだろうと思われる。首里城のイメージも白黒だったから、数年前に復元された時の鮮やかな朱色に目を見張った。何度か本殿に入ったり、龍潭《りゅうたん》池《いけ》のあたりから全景を眺めているうちに、しだいに私の中にカラーが定着してきた。座喜味城と珊瑚礁もうまく調和した。

もともと琉球の城と海は切り離せないといわれている。海外貿易が国力を左右した時代、有力な国王は必ず城下に良港をかかえていたという。釣りが好きな私は首里城の港・那覇港や浦添城の港・牧港の港にもよく出かける。港からは高層ビルなどに遮られ、城（跡）は見えないが、昔は見えたのではないだろうか。城から、大切な港を毎日眺め、国王は安心したのではないだろうかと思う。座喜味城の城下の、東支那海に面した長浜港にも大交易時代の当時、外国からの船が頻繁に入港しただろう。

海外貿易だけではなく、十三世紀にユーラシア大陸を席巻し、占領した蒙古軍を小国・琉球王国が撃退したという武勇伝も残っている。武力だけではなく、いろいろな民族、人種を理解していた海洋民族の底力と、巧みな外交術を存分に発揮したのが功を奏したとも言われている。

座喜味城では城を舞台に、月がぽっかりと浮いた夜、県内の劇団がシェイクスピア劇を演じた。シェイクスピアの人間ドラマは琉球王国のドラマにも重なる。浦添城に発祥した琉球王国は、三山（北部、中部、南部の三勢力）時代の座喜味城、中城城を流れ、首里城に統一された。だが、統一後も激動は続き、国王の弟と子が政権を争い、首里城が全焼したり（志魯・布里の乱）、金丸《かにまる》という農民出身の大臣が政権を奪取し、第二尚氏王統を確立したりした。

しかし、このような実際はたいへん過酷だったであろう史実が、少年の頃よく見た芝居の影響なのか、私には懐かしい絵巻物のように思われる。残酷さがなく、悪人は必ず敗ける、城をめぐる活劇や悲恋は古くから芝居になり、沖縄の老若男女を感動させた。

座喜味城は石垣だけしか残っていないが、観光客を乗せたバスが何台も到着する。（復元された）首里城は、暗い琉球王国時代の出来事や、（日本軍の陣地があったために）徹底的に米軍に破壊された出来事を吹き飛ばすかのように、全貌を現し、先人の威光が人々の目前に立ちあがった。訪れた全国の人々に文化の底にある沖縄の人々の心を表現した。

魔除けの獅子像　シーサー

少年の頃、木登りをする癖があり、太い枝に寝そべったり、雑誌を読んだりした。夜は家の屋根によく登った。冷たい赤瓦は気持ちがよく、また風が涼しく、私はシーサーの傍らに座り、長い時間飽きずにすごした。屋敷囲いのガジュマルやゆうなの黒い木を見たり、星や月を仰いだりした。方々の屋根の上にも黒っぽいシーサーが座っていた。瓦職人が（たまには家主も一緒に）屋根を葺いた後、余った瓦のかけらと漆喰を使い、作り上げたシーサーだった。

どの家のシーサーも目を見開き、口を大きく開け、吠え声も聞こえてくるような形相なのだが、どこか愛嬌があり、私たち少年は親しんだ。先輩からシーサーは魔物を撃退すると聞かされていたから、あの恐ろしい形相もむしろ頼もしく思った。形相が恐ろしければ恐ろしいほど、魔物も近づけないと考えた。神聖なものだが、拝むものでも、近寄りがたいものでもなく、私たちはよく頭を撫でたり、背中にまたがったり、牙をさすったりした。

私たち少年はよくいろいろなものに悪戯をしたが、シーサーには悪さをしなかった。

みんな口では強がったが、内心は多分にたたりを恐れていた。しかし、日頃から「シーサーを壊しても盗んでも罰なんかあたらないさ」と口癖のように言っていた私の同級生のウーマク（餓鬼大将）がある日、何かの拍子にシーサーの尻尾を折ってしまった。シーサーの主がしきりに慰めたほど彼の顔は青ざめ、唇がひどくふるえていた。

じっと見ると、やはりシーサーの形相は私たち少年には恐ろしかった。「見合いをするなら、大きなシーサーのいる所にかぎる」という笑い話が大人の間では流行った。シーサーの形相に比べると、どのような男女も美男、美女に見えるという。しかし、結婚後、お互いに他の（人間の）男女と比較するようになったらどうなるのか、一生二人は身辺からシーサーを離せなくなるのではないだろうか、などという笑いの落ちもついていた。

シーサーは瓦屋根には今も座っているが、最近趨勢のコンクリート屋根の上は座り心地が悪いのか、屋根から降り、門柱（門柱に降りた時にはほとんど雄、雌の二匹に増えている。屋根に一匹いたのは性別ははっきりしなかったが…）や、部屋のサイドボードの上に座るようになった。ただ、屋根の上にいた時より体が小さくなっている

（一匹は口を開き、他の一匹は口を閉じ、城門や寺社の門にいる、昔からのシーサーはでかいが）。マスコットになったものは窓際にもテーブルの上にも壁にも飾られている。

少年の頃からあたりまえのように何の気なしに見てきたシーサーだが、先日、シーサーを専門に作っている読谷村《よみたんそん》の、大当シーサー屋の比嘉《ひが》康雄さんのお話を聞き、シーサーの奥の深さを感じた。

シーサーは古代オリエントからユーラシア大陸を通り、沖縄にたどり着いたという（最近も中国の友好都市から県内の市役所に石製の一対のシーサーが渡ってきた）。沖縄の向こうには太平洋が広がっているためか、シーサーは歩こうとはせず、沖縄にとどまり、子孫を繁殖、繁栄させたという。また、シーサーを焼く（生み出す）ためには千百五十度の熱が必要だという。熱がわずかでもちがうとシーサーらしくないシーサーになってしまうという。

このように悠久の時間から、また、高熱の中から生まれたシーサーを思うと、目を見開き、牙をむいているシーサーの形相にも深い愛着がわいてくる。

しかし、シーサーの由来や制作技術を知らなくても、人は不思議な愛着を感じるのではないだろうか。素焼きのものも、赤や青の上ぐすりを塗られたものも、シーサーは人と共に、大昔と同じように各地に伝播している。

（ＡＲＣＡＳ（日本エアシステム機内誌）１９９７年１０月）

心を紡ぐ風景

数年前、大宜味村《おおぎみそん》の百歳をこす一人暮らしのＮおばあが、家にスルスルと入ってきた猛毒のハブの三角頭に蝿たたきを何度も打ち下ろし、殺したというニュースは私たちを驚かせた。今年の初秋、私は高速道路、国道五八号線を通り、那覇から百余キロ北にある国頭《くにがみ》郡大宜味村を訪ねた。Ｎおばあの背丈よりハブの体が長かったという話を私がしたら、村の八十代九十代のお年寄りたちは「自分たちが今しゃんとしているのは、昔の夜道は暗かったから、酒を飲んで家に帰る時も、夫婦喧嘩をして家をとびだした時も、ハブに咬《か》まれないかと、ほどほどに緊張したから。ハブには感謝しなければならない」と屈託《くったく》もなく笑った。話しながらよく笑うが、カメラを向けると表情が強《こわ》ばる。だが、強ばっているが、妙に穏《おだ》やかだし、どこか微笑《ほほえ》んでいるように感じられる。八十年以上も人生の喜怒哀楽を見続けてきた内面の「光」がにじみ出ているのだろうかと私は思う。ハブを退治したせいか、双子の長寿姉妹、きんさん・ぎんさんが訪ねてきたからか、一躍人気者になったNおばあに国内外から取材が殺到したという。ある取材の時、「ウッターヤ、ヤーサシ、チョールハジヤクトゥ（この人たちはひもじい思いをして来ているはずだから）」と料理をせっせと作り、出したが、薬《やく》膳《ぜん》のような味に慣れていない本土のスタッフの箸《はし》が一向にすすまないものだから、一人ずつ説教するように叱ったという。

真っ白い浜、濃い青色の海

私は昼時、木々に囲まれた長い階段を登り、村内のウガンジュ（拝み所）のある小高い丘に立った。大宜味村の一つの集落は昔は海だったが、台風の時、崩れた山が浅瀬を埋め、できたという。三方を「大宜味村の花、大宜味村の木」に指定されているシークヮーサー（沖縄に自生する小粒の柑橘類）、一月にはピンクの花が満開になる緋《ひ》寒《かん》桜《ざくら》、芭蕉、亜熱帯樹木の山に囲まれ、山裾に田や畑があり、赤瓦やセメント瓦の屋根の家々が固まっている。集落の前には真っ白い砂浜や色とりどりの珊瑚礁が迫り、濃い青色の東シナ海が広がっている。私は丘を下り、村内のパイナップル畑、マンゴー畑、菊畑、貝や鯛の養殖場、木炭窯などをドライブした後、小さい湾の周《まわ》りに生えている海浜植物の木陰に座り、モーイドーフ（イバラノリの寄せ物）の入った弁当を食べた。

足元に清水が注ぎ込んでいる。私は立ち上がり、水の流れをさかのぼった。フクギの防風林が林立し、クロトンやハイビスカスや千年木の生け垣に囲まれ、裏庭に熟れたパパイヤやグァバの実がなっている家々の間を川は流れ、畑や田を潤《うるお》し、一つの支流は滝に続いていた。落ちる水が七段階に分かれているという「七滝」は昔、集落中に水音と勢いよく回る水車の音を轟《とどろ》かせていたらしいが、今は小鳥のさえずりも聞き取れた。滝壷も狭く、浅くなっている。

大宜味村は昔から水には困らなかったが、耕地面積がとても小さく、山に段々畑を作り、薩摩芋を植え付けたりした。貴重な米や野菜を鼠や蝸牛《かたつむり》などから守るために「山の裾野や畔道《あぜみち》をきれいに掃除しているか」と言葉をかけあい、村内の各集落が「清潔さ」を競った。そのなごりなのか、私が歩いてきた足元の白い道にはゴミなどもなく、箒《ほうき》の跡が続いていた。モーイドーフは最近、長寿食と言われているが、昔、食料に切羽《せっぱ》詰まった村人が、当時誰も食べなかった海岸のモーイから作り出したものだという。余所《よそ》の海岸に出かけモーイを採《と》っている時、地元の人に「そんなもの、何に使うんだ」と聞かれると、「豚の餌だ」と嘘《うそ》をついた。しかし、各地に移住した大宜味村の人が移住先の人たちに作り方を教え、今では遠い八重山の特産品の一つになっている。

能力ある者は長生きする

午後二時ごろ、色艶《いろつや》がびっくりするほどいいお年寄りたちにお会いした。貧乏の話になった時、お年寄りたちは「野草のニガナ（苦菜）も今、琉球料理店では定番になっているが、ここではずっと昔から食べていた」と言った後、「なぜ、この村が逸材を輩出したかというと、貧乏だったから」とあたかも昔の貧乏を誇るかのように熱っぽく語った。

明治の初期、進取の気性に富んでいた大宜味村の男たちは、沖縄でもいち早くカンプー（髷）を切った。近隣の村からたくさんの人が珍しい断髪を見物に来た。またこの頃、会所（倶楽部《クラブ》）という寺子屋を作り、毎晩、各集落の子供を集め、先輩が学問を教え、才能のある若い人には親戚だけではなく、村中の人たちが学資の援助をした。

今でも口癖のように「わしは四日間寝ないで勉強した」と言う九十歳代の老人がいるし、ほとんどの村人は「能力のある者は長生きする」という信念を持っている。事実、大宜味村出身のT医師が持っている最高齢医師（九十九歳）の、またK医師が持っている医学博士の学位取得最高齢者（八十五歳）の日本医師会のレコードは未だ破られていないという。

このような「人材をもって資源となせ」という合い言葉の一方、「（貧乏村だから）男は大工になれ」とも昔から言われてきた。「家にいると薩摩芋しか食べられないが、大工になると毎晩ご馳走が食べられる。鬱屈しなくてもいい」と男たちは燃えた。実際、大宜味村の男の八割は大工と言われた。船大工も多く、戦前は山原船《ヤンバルセン》（貨物運搬船）やサバニ（漁舟）も盛んに造った。戦後の復興の時には「大宜味大工」が大活躍した。私は八十歳代の耳たぶが長く、白髪がふさふさしているMおじいにシークヮーサージュースをごちそうになりながら、大宜味大工の起源を聞いた。初耳だったが、琉球王国時代にさかのぼるという。大宜味村出身の棟梁《とうりょう》は首里城の造営を一任されたが、「完成後には秘密保持のために殺される」という話を耳にしていたから、聾唖者のように一言も喋らず、仕事に精を出し、立派に造り上げた。首里城の役人は、棟梁を殺そうとしたが、口がきけないから何も漏《も》れないだろうと、結局、帰郷を許したという。

一人暮らしが楽

午後五時前に習慣の昼寝から起きだしてきたおばあさんたちと木陰に座り、話を聞いた。割烹着を着て頭を姉《あね》さんかぶりにしたおばあさん、野良仕事に行く前なのか、頬かぶりをし、つばのある帽子をかぶり、さらに帽子の上にスカーフをまいているおばあさん、きれいな花模様のしゃれたズボンをはいたおばさんは一人残らず歯並びもよく、近くにいた女子中学生と驚くほど笑顔が似ていた。

大宜味村は現在も逸材や大工を輩出しているが、多くの若者は村内には生活基盤がないから、東京や那覇に移り住んでいる。年老いた親を呼び寄せ、同居する子供も少なくないが、ほとんどの親は都会の騒音や忙しさに馴染めず、外出も危険だから「一人暮らしが楽」と大宜味村に戻ってくるという。子供たちは世間には「(親は)一人暮らしだが一人者じゃない」と苦笑いするが、当のお年寄りは朝、昼、晩、縁側や木陰や公民館などどこかに集まり、お茶を飲み、おしゃべりに没頭しているから、一人暮らしという実感もないのではないだろうかと私は思う。「都会の人は冷たい」というのが、どうもお年寄りが子供のいる都会を嫌《いや》がる最大の理由のように思える。大宜味村では「隣近所は肉親」という風潮が、昔から人々の骨の髄まで染み込んでいる。

　都会に住む子供と同居している親たちも、（大宜味村の）屋敷はウヤファーフジ（先祖）からの贈り物だからと、一生帰るつもりはないが、誰にも譲らないという。今、大宜味村にある約三十軒の木造瓦葺きの空き家には、本土各地から芭蕉布制作の修業に来ている女性たちが一時的に住んでいる。

　一方、大宜味村の一人暮らしのお年寄りたちの多くは遺族年金や老齢年金が入る上、芭蕉布の糸紡《いとつむ》ぎや野菜を売った収入もあるから、生活が精一杯の都会にいる子供たちに仕送りをしているという。年老いた親が冗談半分に「まだ、うちが面倒みないといかんね」などと言うと、息子たちは「おばあが早死にしたら、ぼくたちは生活ができなくなるよ」と大袈裟に言う。耳の遠いお年寄りは電話がかかってくると、内容はよく聞き取れないが、那覇あたりの息子にお金や、楽しみながら作ったキャベツ、カリフラワー、インゲン、薩摩芋、人参、瓜、とうがん、ゴーヤー、ナーベーラー（へちま）など季節の野菜を郵便局から送るという。

一人暮らしのお年寄りの家には隣近所の人が頻繁に「おばあ、元気？」と声をかけ、顔を見にくる。すると、お年寄りは待ってましたとばかりに黒砂糖やお茶を出し、世間話に花を咲かせる。話は尽きず、自分の若い頃は「足が早かった」「チェラカーギー（美人）だった。写真があったら見せるのにねぇ」などと言う時は、こころなしか誇らしげな表情になり、胸を張る。誰も訪ねてこない日は話相手を探しに頻繁に外に出る。夜はハブが出るから外を出歩かず、おとなしくテレビを見たり、ラジオを聞いたりする。都会にいた時は昼間孤独感が生じたが、反対に村では、さすがに夜も更けると考えなくてもいいことも考えてしまい、手作りのヨモギ酒などを飲み、床につくという。曾孫が大学に合格した日、嬉しさのあまりヨモギ酒を飲みすぎ、二日酔いをした九十歳をすぎたおばあさんもいる。

一人暮らしのお年寄りたちは、仏壇の先祖ともよく語り合う。毎月一日、十五日は先祖に、豚肉、昆布、蒲鉾《かまぼこ》などを供え、手を合わせながら喜びや愚痴を話した後、「先祖と一緒に」かみしめるように食べる。何かあるとすぐ先祖に話しかけるという習慣や、仏壇は自分以外に守る人はいないという使命感が、お年寄りたちに深い安らぎを与えているように思える。

おばあさんは糸紡ぎ

大宜味村特産の芭蕉布の糸紡ぎは、八十代九十代のおばあさんたちの生きがいにも収入源にもなっている。戦後まもなく、年老いた親の面倒をみなければならなくなった戦争未亡人たちを対象に、平良《たいら》敏子さん（芭蕉布保存会代表、人間国宝）が古い伝統のある芭蕉布の講習会を開いたのが、今の興隆の源になっている。当時は沖縄にはほとんど産業がなかったから、「息子を高校に入学させました」「借金を払い終わりました」などと、とてもありがたがられたという。

芭蕉の苗木を植え、肥料をやり、葉落としをし、成木に育てる仕事はおじいさんたちの手も借りるが、糸紡ぎはおばあさんたちが占有している。縁側に座り、歌ったり、隣のおばあさんとおしゃべりをしながら手を動かしている。糸を紡いでいるのか、おしゃべりをしているのか本人たちもよくわからないと悪戯《いたずら》ぽく笑うが、話題が尽きる頃にはちゃんと一日分の仕事が終わっている。九十歳になるおばあさんが朝四時頃からうきうきし出し、朝日が昇るか昇らないうちに、「うちの仕事をなぜ早く持ってこないの」と工房の人を急《せ》かす。

おばあさんたちは、死なないかぎり糸紡ぎを止めないと私に言う。足腰は弱くなっても、手や口はしょっちゅう動かすから脳は惚《ぼ》けないという。惚けやガンの予防効果があると最近注目され始めたシークヮーサーは、昔からゴワゴワした芭蕉布をやわらかくするために使ったが、よく食べたりもしたという。お年寄りたちはウンガミ（海神祭）やウシデーク（臼太鼓）など伝統の祭りをはじめ、年中ある種々の行事や祝いの場に積極的に参加している。手拍子をとり、口三線《くちさんしん》（三線の音を声で出す）をし、カチャーシー（皆で踊る即興の乱舞）を踊る。民謡愛好会に入っているお年寄りたちは、マスターしたばかりの琉球舞踊を小学校の運動会の時に披露する。自分たちが出場するからでもないだろうが、運動会が近づくと、自主的に小学校のグラウンド周辺の草刈りや木の枝の伐採をする。ついでに鎌の使い方を、小学生のみならず若い教員にも自慢げに教える。小学校の学芸会には我先に、幾分恥ずかしがりながらしゃしゃり出る。山や海岸から取ってきたソテツやアダンを舞台に飾りつけたり、生徒や先生に会場設営の指導をしたりする。

逆に敬老会の時には青年会、婦人会、子供会が延々《えんえん》と歌い、踊り、お年寄りを褒《ほ》めたたえる。お年寄りたちの要望する歌を婦人会が歌うというコーナーでは、お年寄りのリクエストする新しい歌に婦人たちがついていけず、戸惑うシーンもみられる。

のんびりと歩けなくなった

おばあさんたちと別れた後、私は夕方、風が止まり、海の気が満ちた近くの浜を歩いている八十歳すぎのおじいさんから話を聞いた。朝夕、畔道だけではなく、子供の頃のように貝殻や珊瑚のかけらを手にとったり、何か変わったものはないかと目をこらしながら長い砂浜を歩くという。波打ち際に打ち上げられたハリセンボンは剝製《はくせい》にし、縁側にぶら下げるという。以前は健康とか運動とかの意識はほとんどなく、澄んだ空気や明るい日差しや潮の香りや鳥の鳴き声に誘われるように歩いたが、行政から何年か前に「散歩が長寿の一因です」と知らされたという。いつの間にか「歩け歩け運動が村のお年寄りの習慣」というキャッチフレーズもできあがり、「Tおじいは辺《へ》戸《ど》岬（沖縄本島最北端）から那覇まで七日間かけて歩いた」などと評判になったりした。だが一方、行政が勧めたタートルマラソン（体力と健康を保つために、亀〈タートル・英語〉のようにマイペースで走るマラソン＝編集部註）やジョギングに挑戦し、足を痛めるお年寄りも出てきたという。

今、大宜味村は長寿の村というイメージが浸透し、本土のみならず海外からも取材などが押し寄せている。写真慣れやテレビ撮影慣れし、ポーズを決めたり、またいつも似たような質問をされるから上手に答えるお年寄りもいるが、たいていのお年寄りは分刻みのスケジュールに一日中、あるいは何日も拘束され、疲れてしまうという。また、立ち寄る車も増え、村内の道の真ん中をのんびりと歩けなくなっているという。

このおじいさんは私に色々と話し聞かせた後、背筋を伸ばし、夕陽を浴びながら波打ち際を歩いていった。

（文藝春秋臨時増刊　２００１年１２月）

あとがき

夢も事象も心象風景も思索もすべてをエッセイにこめてきましたが、エッセイ集の出版は念頭にありませんでした。

四十年間注文をいただき、コツコツエッセイを書いているうちに、いつのまにか自分でもわからないくらいの膨大な量になり、私の人生の軌跡にもなっています。

大きな諸々のモノが狭く小さな集落にしみ込み、息づいています。

なにより原風景の中の、ふりかかった運命に立ち向かう人々が私を魅了しました。

原風景を凝視すれば真実に近づけると考え、小説を書く時も、ほとんど取材をせず、資料を使いません。

二〇一四年の春、西日本新聞社の横尾和彦さんから、燦葉出版社社長の白井隆之さんと会ってくれるようにとの電話がありました。

私は快諾し、まもなく白井さんが来沖しました。

一筋に四十年、本作りをしてこられた白井さんのお話は魅力に満ちていました。本作りは人生の道標を示す仕事でもあり、夢を届ける仕事でもあると私はつくづくと感じ入りました。

白井さんのダイナミック、かつナイーブな本作りは定評があります。白井さんは新聞に何度も「人物紹介」をされてきましたが、今秋の本土大手の新聞はページの四分の一を占めるほど大きく扱っていました。

歓談の後、エッセイ集出版のお話をいただきました。

私は四十年間（くしくも私と白井さんは同年です。また仕事も同じ頃に出発しています）小説やエッセイを書き続けてきました。しかし、小説の単行本はいくらか出しましたが、エッセイ集は一冊もなく、白井さんも少し意外な様子でした。白井さんの本作りからは著者の足に合った靴を作るような、手作りの温かい感触が伝わってきます。私はすぐ快諾しました。

沖縄や本土の雑誌や新聞に掲載された何百のエッセイの中から六十六編を白井さんに選定していただきました。

女子美大を出た、新進気鋭の画家・我如古《がねこ》真子さんが何ともいえない味わい深い、美しい挿し絵を書いてくれました。

我如古彰一さんは私が新聞や雑誌に小説の連載を始めた若い頃に挿し絵を担当して

もらいましたが、今回は本のカバー、装丁を見事に描いていただきました。御三方に深く感謝申し上げます。

エッセイ集の中の何編かは学校や予備校の教科書、試験問題に採用されました。小、中学生にもぜひ読んでもらいたいと願っています。

時の「大河」は美も醜も善も悪も全部押し流してしまいます。私はこのエッセイ集が、水底に必死に、しかし悠然ととどまる小石のようになってくれたらと念願しています。

（2014年12月25日）

「著者略歴」又吉栄喜

1947年沖縄県浦添市生まれ。琉球大学法文学部史学科卒。1999年まで浦添市役所に勤務。その傍ら、創作を始める。九州芸術祭文学賞、すばる文学賞、芥川賞等を受賞。近著に『呼び寄せる島』(光文社)、『漁師と歌姫』(潮出版社)。「豚の報い」と「波の上のマリア」が映画化。「人骨展示館」「果報は海から」「豚の報い」「ギンネム屋敷」等がフランス、イタリア、米国、中国、韓国、ポーランド等で翻訳出版された。南日本文学賞、琉球新報短篇小説賞、新沖縄文学賞、九州芸術祭文学賞などの選考委員を務める。

カバー画：我如古彰一
挿し絵　：我如古真子

時空超えた沖縄

（検印省略）

2015年2月20日　初版第1刷発行

著　者　又吉　栄喜
発行者　白井　隆之

発行所　燦葉出版社　東京都中央区日本橋本町 4-2-11
電 話 03(3241)0049　〒103-0023
FAX 03(3241)2269
http://www.nextftp.com/40th.over/sanyo.htm
印刷所　(株)ミツワ